Illustration 宵マチ

2
悪役令嬢は溺愛ルートに入りました!?
Presented by Touya
十夜
Illust. 宵マチ

サフィア・ダイアンサス

ファッションセンスが個性的なルチアーナの兄。道化にみせて実は…!?

エルネスト・リリウム・ハイランダー

ハイランダー魔術王国の王太子。記憶を取り戻す前のルチアーナが熱を上げていた相手。

ルチアーナ・ダイアンサス

このゲーム世界の悪役令嬢。恋愛攻略対象者を全員回避するはずが…!?

ラカーシュ・フリティラリア

筆頭公爵家の嫡男。エルネストの従兄。その美貌から「歩く彫像」と呼ばれている。はじめはルチアーナを蔑視していたが、
今では夢中♡

CHARACTERS

STORY

乙女ゲームの悪役令嬢に転生したルチアーナ。

前世は喪女だったため、モテモテの人生を夢見ていたルチアーナだが、破滅を回避するため、恋愛攻略対象の男性キャラには近づかない、と自ら誓いを立てる。

しかし、筆頭公爵家嫡男のラカーシュとその妹・セリアの危機に気づいたルチアーナは、使えるはずのない魔法で2人を救ってしまい!?

うっかりラカーシュとの距離が縮まってしまったルチアーナは最悪の事態(断罪&平民落ち)に備え、あらかじめ心づもりをさせておこうと、溺愛する弟・コンラートの部屋へと向かったのだが…。

CONTENTS

6 コンラート 1
012

7 魅了の力
052

8 ウィステリア公爵家の晩餐会 1
133

サフィアお兄様の能力観察
199

ルチアーナ＆サフィアのリアル聖地巡礼
「悪役令嬢断罪シーン巡り」
208

ルチアーナ、ラカーシュに家庭教師を依頼する？
235

【SIDE】エルネスト王太子「紫の魔女とラカーシュの奇行」
247

【SIDE】ジョシュア師団長「3年前の誓約」
258

【SIDE】ポラリス「星への願いごと」
271

『魔術王国のシンデレラ』ルイス√「藤の花が見せた……」
285

あとがき
298

6 コンラート 1

開いた扉の先で、弟であるコンラート（3）が床に座り込んでいるのが見えた。

よく見ると、片手にブリキでできた魔術師の人形、もう片手に魔物の人形を持っている。

どうやら、右手と左手で戦わせていたようだ。

「コンちゃん」

声を掛けると、コンラートははっとしたように私を見上げた。

サラサラの薄い青紫の髪に緑の瞳を持った、天使のように可愛《かわい》らしい容貌の男の子だ。

頬はちょっと下膨れでぷにぷにしているが、それがとても愛らしい。

大きな丸い目が驚いたように見開かれ、頬は最初からバラ色に染まっている。

その見開かれた緑の目と、明らかに目が合った。

にもかかわらず、コンラートはおもちゃを投げ出して、脱兎のごとく部屋の隅へ駆けて行った。

「へ？」

何をするつもりかしらと見ていると、積まれている大きなぬいぐるみの山の中に突っ込んでいく。

そして、たくさんのぬいぐるみの真ん中に鎮座すると、澄ました表情をして静止した。

……何をしているのかしら？

弟の行動が理解できず、困惑して扉近くに立ち尽くしていると、コンラートは私を見て「ひゃひゃひゃ」と嬉しそうに笑い声を漏らした。

そこで初めて、コンラートはかくれんぼをしているのだと気付く。

ええ、目が合ったのに。

なのに、私がコンラートに気付いていないと思っているのかしら？

不思議に思ったけれど、実際にコンラートは自分が隠れ切っていると思っているようで、おかしくてたまらないといったように笑い声を漏らしている。

「ぷくくく、ひゃひゃー」

仕方がないので、コンラートに騙された振りをして、困惑した声を上げた。

「あれー？　コンちゃんがいないわね？　あれれれれ、どこに行ったのかしら？」

「ひゃはははははー」

コンラートの笑い声が大きくなる。

……どうして、これで隠れているつもりなのかしら？

確かに、コンラートは交じっているぬいぐるみと同じくらいの大きさで、隠れ場所としては悪くないのかもしれないけれど、明らかに笑い声が出ているし、体全体が動いている。いや、気付くよね。

そうは思いながらも、コンラートが満足するまで付き合おうと、「あれー?」「コンちゃん、どこに行ったのー?」と繰り返しながら、ベッドの上や机の下を捜す振りをする。

部屋の中を一通り捜し終えたので、仕方なくもう1度机の下を捜す振りをしていると、たたたたと駆けてくる音がした。

来たわね、と思いながらも、気付かない振りをして机の下を覗き込んでいると、「ばあ!」と言いながら、弟が後ろからしがみ付いてきた。

「ええ、コンちゃん!?」

と驚いた声を出して振り返ると、コンラートは嬉しそうに、「げっげっげっ」と喉の奥で笑った。

わぁ、気持ちが悪い笑い方。なのに、コンちゃんだとそれも可愛く見えるから不思議よね。

「コンちゃん、どこにいたの? お姉様はコンちゃんがいなくなったかと思って、心配して捜していたのよ」

そう言うと、コンラートは得意気に話し始めた。

「コンちゃん、ずっと部屋にいたよぅ。ぬいぐりみんと一緒にいたんだよぅ」

「そうか、ぬいぐりみんか。お姉様、それは気付かなかったわ!」

驚いた振りをしながら、褒めるように頭を撫でると、弟は嬉しそうに目を細める。

ああ、コンちゃんは今日も可愛いわね!

この可愛さだから、自分大好きのルチアーナも、例外的にずっと弟を可愛がっていたんだわ。

そう考えながら、弟の手を握る。

「コンちゃん、お姉様はちょっとだけ、コンちゃんにお話があるのだけど」

そのままコンラートを誘導し、ソファに並んで座る。

話があると言ったにもかかわらず、私は話を始めるでもなく、ぴたりとくっついて座るコンラートのつむじを見下ろした。

すると、しっかりと膝の上で組んでいたはずの私の手が、無意識のうちにさまよい出てしまい、コンラートの頭を撫で始める。

それから、頬をぷにぷにとつまみ出した。

ああ、相変わらずコンちゃんの髪はサラサラしているわね。頬だってぷにぷにして、何て触り心地がいいのかしら。

そう思って好きなだけ撫でまわしてみても、コンラートはいつものことだと全く気にする素振りもなく、手の中にあるおもちゃの魔術師を見つめていた。

うーん、コンちゃんったら、私がこれだけ構っているにもかかわらず、一切無視して自分のやりたいことをやっているなんて、つれなくて可愛いわ。

というか、コンちゃんにならば、優しくされても、冷たくされても、何をされてもいいわよね。

ああ、こんなに愛らしいコンちゃんを路頭に迷わせることがないよう、できる限りのことはやらないと。

そう考え、私は両手を膝の上に置くと、神妙な表情を作った。

セリアを救うためには他に方法がなかったし、後悔していないけれど、攻略対象者であるラカーシュとの距離は縮まった。

その分、断罪されて平民落ちする可能性が高まったため、弟にきちんと説明しておかなければならないと思ったのだ。

「コンちゃん、お話があります。お姉様は失敗しました。もしかすると、お父様やお母様みんなで、このお家から出て行くことになるかもしれません。綺麗なお家はなくなるけれど、お姉様はずっとあなたのお姉様です。……それでも、いいですか？」

私が話を始めると、コンラートは顔を上げてじっと聞き入っていたけれど、話を聞き終えた途端に不思議そうに首を傾けた。

「？　分からないけど、お菓子は食べられる？」

「え？」

「コンちゃんは、お菓子を食べないと動けなくなるよ」

「え……と……、お菓子は1日1回でいいかしら？」

「ええ？　1日3回だよぅ」

3回！　うう、思ったよりもお金がかかる子ね。

やっぱり、侯爵家の末息子だわ。何て甘やかされているのかしら。

その末息子を1番甘やかしている張本人であるにもかかわらず、コンラートの答えを聞いて、私はそう思ったのだった。

◇　◇　◇

「わ、分かったわ、コンちゃん。おやつは1日3回ね」

それくらいなら手を打とうと、私はコンラートの要求をのむことにした。

前世で一人暮らしをしていた時の料理スキルが私にはある。

世の中には、安価な手作りお菓子というものがあるのだ。

放逐されたら、侯爵邸で食べているような高級なお菓子は食べられなくなるけれど、庶民の味というのも結構いけるはずだ。

そう考えた私だったけれど、いや、まてよ、と思いとどまる。

「おふくろの味」という言葉があるわよね。

あれは幼少期に形成された味覚を、大人になっても最上のものだと思い込む、という意味じゃなかったかしら。

あれれ、だとしたら、コンラートは生まれてこのかた、高級なお菓子しか食べたことがないから、安っぽいお菓子は口に合わない、なんて言い出すかもしれないわ。

まずい、まずいわ。

今のうちから庶民のお菓子を食べさせて、舌に馴染ませておかないと！

私はコンラートに向き直ると、弟の小さな両手を握りしめた。

「コンちゃん、今夜のおやつはお姉様が作ります。コンちゃんが見たこともないお菓子だけど、きっと美味《おい》しいからね」

「わああい！　コンちゃん、お菓子好き。いっぱい！　いっぱい、作ってね」

コンラートは嬉しそうにソファの上に飛び乗ると、おかしな動きを始めた。

全身を不自然にくねらせ、上下運動をしている。

「コ、コンちゃん、それは何かしら？」

「コンちゃん、喜びの踊りだよ。『おねえっさまの、お菓子がたーべーたい♪　おねえっさまの、お菓子がたーべーたい♪』」

言いながら、短い手足を法則性もなくぷるぷると動かしている。

か、可愛い。コンちゃんったら、本当に可愛い！

この手足の短さが、コンちゃんの愛らしさを強調しているわね！

弟のあまりの可愛さに打ち震えた私は、コンちゃんのためなら美味しいお菓子をどれだけでも作るわよ、と素早く立ち上がる。

「コンちゃん、それじゃあお姉様は、美味しいお菓子を作ってくるからね！　ああ、でも、このお家をみんなで出て行くのは、最後の手段だから。お姉様は、できるだけこのお家で暮らせるように頑張るからね！」

あまりコンラートを心配させないようにと、万が一の話であることを強調する。

けれど、コンラートはあまり分かっていないようで、嬉しそうににっこりと笑った。

「大丈夫だよ。コンちゃんはお姉さまと一緒なら、どこにいても大丈夫だから」

「ぐわああああああ、可愛い！　コンちゃんに、心臓をわしづかみにされたあああああ」

私は扉の前まで移動していたにもかかわらず、びゅんと引き返してくると、弟にぎゅうぎゅうと抱き着いた。

こんな煌《きら》びやかな家や生活を捨てることになっても、私といられるだけで構わないなんて。

こんなに健気なことを言う人間が、コンちゃんの他にいるかしら？

いや、いない。世界中探しても、いないわね。

ああ、私のことをこんなに好きでいてくれるのは、コンちゃんだけだわ！

「コンちゃん、お姉様はやるわよ！　コンちゃんのためなら、何だって頑張れるからね！」

「えええ、それは、コンちゃんが可愛いから？」

小首を傾げて尋ねてくるコンラートが、あざとくて可愛い。

「そうです、そうです。コンちゃんが、可愛いからよ！」

「やったあ！　コンちゃんは、お姉さまが大好き」

「ひゃああああ！　お姉様もコンちゃんが1番好きよ!!」

弟から「大好き」をもらった私は有頂天になって、うきうきしながら部屋を出て行った。

ああ、可愛い、可愛い、コンラート。

私は悪役令嬢かもしれないけれど、できるだけ頑張って断罪を回避するからね。

そして、あなたの生活を守るから！

◇　◇　◇

私は鼻歌交じりに厨房へ行くと、料理人たちの邪魔はしないので、厨房の一角を使わせてほしいと頼み込んだ。

けれど、私のお願いを聞いた料理人たちからは、あからさまに警戒した顔つきをされてしまう。

不信感を露《あらわ》にしている料理人たちを見て、ああ、そうだったと思い出す。

私は高慢ちきな侯爵令嬢で、学園だけではなく侯爵邸でも我儘《わがまま》し放題だったから、皆から敬遠されていたんだったわ。

料理人たちの強張った表情を見て、まずはこの関係から改善しないといけないわねと思い至る。

そして、前世の記憶が戻った翌日、自分の部屋で1人、心に誓った言葉を思い返した。

『今までの傲慢な態度を改め、誰にも突っかからず、喧嘩を吹っ掛けず、平和主義に転向しよう』

『計画が上手くいかずに放逐された際、「前からあいつが気に入らなかった」と没落の手助けをされないためにも、敵を作らないようにするのだ』

——そうでした、そうでした。そう自分に誓ったのだったわ。

前世で汚職のニュースを見る度に思っていた。

悪いことをした事件には、必ずセットで『汚職した人の知人』が付いてくるんだなと。

そして、その知人とやらは、メディアの前で汚職した者の日常について語るのだ。

『あの人は、いつかヤルと思っていました。なぜなら、普段から……』

これです！　私の周りにいるのは、この『知人』予備軍だわ。

見える。料理人が、あるいは館で働く侍女たちが、嬉々として近所の人たちに喋る姿が。

『お嬢様は、いつか必ず断罪されると思っていました！』

『あのお嬢様の我儘ぶり、傲慢ぶりといったら、比類する者もないくらいです!!』

い、いやだ。

断罪されるだけならまだしも、その後も面白おかしく噂されるのなんて嫌だ。

よし、今からでも遅くはないはず。私のイメージを良くするよう努めるわよ。

そう思った私は、料理人たちに向かってにっこりと微笑《ほほえ》んだ。

けれど、私が微笑んだにもかかわらず、料理人たちの誰も笑い返してはくれなかった。

それどころか、油を使いたいと言った途端、あからさまに迷惑そうな表情をされる。

ぐわあ。私は料理人たちの雇用主の一人娘なのに。

だのに、こんなにあからさまに不快そうな表情をされるなんて、ルチアーナはどれだけ酷い態度を取ってきたのかしら。

……いや、覚えているけれど。

ルチアーナは私のことだから、これまでの行動の全てを覚えているけれど。

ええ……したわね。

嫌いな野菜が入っていたからって、その晩のメニューを全部作り直させていたわね。

「今日のメニューの全てに、私の大嫌いな野菜の匂いが染みついているわ！　とても食べられたものじゃないから、全て作り直してちょうだい！」

あああ、どう考えても、言いがかりよね。

前菜担当、スープ担当、メイン料理担当、……って、異なる料理人がそれぞれの料理を作るのだから、1皿に入っていた野菜の匂いが、全ての皿にうつるはずなんてないじゃないの。

料理人たちだってそう思っていただろうけど、誰一人言い返せるはずもなく、黙って私の言葉に従っていたのだ。

その頃の私は基本的に1人で食事を取っていたため、止める家族もいなかったし。

当時の料理人たちは何一つ口には出さなかったけれど、表情は今のように反発心を露にしていたに違いない。

けれど、私は気付きもしなかった。

なぜなら、ルチアーナは侯爵邸で働く者たちのことを道具と同じくらいにしか考えておらず、料理人の感情なんて気にも留めていなかったから。

ええ、間違いなく、我儘で自分勝手な令嬢だわね。

そんな私とできるだけ距離を取りたがる料理人たちの気持ちは、すごくよく分かる。

だって、一緒にいるだけでどんな難癖をつけられるか分かったものじゃないもの。関わらないのが1番よね！

……仕方がない。この現状は、自業自得だわ。

そう考えた私は、少なくともこれ以上の反感を買わないようにしようと、控えめに尋ねてみる。

「もしも料理中に怪我《けが》をしたら、それは私自身の責任だわ。もちろん、誰のせいにもしないから、少しだけこの場所を使わせてね？」

人間関係の基本は笑顔のはずだと思いながら、精一杯表情を作る。

そのまましばらくにこにことして料理人たちを見つめていると、根負けしたのか、料理長が仕方なさそうにつぶやいた。

「…………怪我はしないでくださいよ」

「約束するわ」

私は大きく頷くと、厨房の隅に置いてあった木箱の中から、いくつかの野菜を取り出した。

「これ、もらうわね？」

問いかけに対して、誰からも返事がない。

けれど、皆の視線が集中しているので、料理人たちが私の話を聞いていることは間違いないだろう。

制止がかからないのは、野菜を使うことを了承されているのだと理解することにして、私はじゃがいも、ニンジン、かぼちゃといった野菜を手に取った。

じゃぶじゃぶと水で洗うと、皮をむき始める。

3歳児のおやつは、補食の意味があったわよね。

つまり、1度にたくさん食べられない幼児が食事の回数を増やし、少しずつ栄養を体に取り込むことが、おやつの大事な役割だったはずだ。

だから、幼児のおやつは必ずしも甘いものでなければいけない、というわけではないわよね。

コンちゃんの希望からは、外れるかもしれないけれど。

そう思いながら、皮をむいた野菜を薄く切っていく。

とりあえず、今日はお試しの意味で、簡単な野菜チップスを作ってみようと思ったのだ。

野菜を薄くスライスして、揚げて、塩をかけるだけの簡単なおやつだ。

料理人たちの訝《いぶか》し気な視線が集中する中、厨房に長時間いるのも精神が削られるので、時間がかからないものを選んでみたというのも理由の一つだ。

材料が野菜だから、コンちゃんの体にもいいと思うし。

そう考えながら、さくさくと野菜を切っていると、後ろから声を掛けられた。

「……お、お嬢様は、包丁が使えたのですね！　え、どうして、そう上手なんですか!?」

振り返ると、料理長が真後ろに立って、私の手元を覗き込んでいた。

「え、いや、プロの人に褒めてもらうほどではないから。コンラートのおやつを作っているだけだから、簡単なものだし」

「……え、コンラートのおやつを作っているのですか？」

驚いたように料理長は口にしたけれど。

いや、驚くのは私の方だわ。

いくら幼児とはいえ、侯爵家のご子息様よ。

それなのに、『コンラート』と呼び捨てにするのは、いかがなものでしょう？

◇　◇　◇

「ええと、コンラートという呼び方だけど……」

弟の名前の後に『様』を付けるべきだと続けようとしたけれど、あれ、本当にそれで合っているのかしらと自信がなくなり、言葉を途切れさせる。

よく考えたら、ここにいる全員が侯爵邸に仕えているのよね。

メインスキルは料理だとしても、言葉遣いが悪ければ、とっくの昔に誰かから注意されているはずだよね。

ということは、侯爵邸の子息といえど、幼児は敬称なしで呼ぶのが正解なのかしら？

答えが分からなくて考え込んでいると、鍋で熱していた油がぱちりとはねた。

「あっ、油が高温になったのかしら？」

……正解が分からないわ。

だったら、コンラートの呼び方は保留にして、料理に集中しよう。

そう思った私は、薄くスライスした野菜を次々に油の中に落とし込んだ。

大事なのは揚げすぎないことよね、とタイミングを見ながら野菜を取り出していく。

そして、揚げたての野菜の上に、パラパラと塩を振りかけた。

出来上がったとばかりに皿に盛っていると、料理長からおずおずとした声が掛けられた。

「お、お嬢様、もう出来上がりですか？　そんな薄さではちっともほくほく感がないし、美味しくないように思われるのですが……」

どうやら料理長は私の後ろについて、ずっと見守ってくれていたようだ。

長と名が付くだけあって、面倒見がいいな。そう思いながら、聞かれたことに答える。

「ええ、確かにその通りね。天ぷら……ってこっちにあるのかしら？　まあ、つまり、厚切りにした野菜を切って揚げる料理とは、全く異なるものと思ってちょうだい。これは、ほくほく感を求めるのではなくて、ぱりぱり感を楽しむ料理だから」

「ぱ、ぱりぱり感……⁇」

料理長には全く理解ができないようで、ちらちらと私の手元の皿を覗き込む。

ああ、そう言われてみたら、この世界ではチップスを1度も食べたことないわね。

体験したことがない料理を理解しろというのは、無理な話かもしれないわ。

そう思った私は、「手を出して」と言うと、素直に手を出してきた料理長の手の平にチップスを数枚乗せた。

料理長は興味深気に色々な角度からチップスを眺めた後、もう片方の手で取り上げて口に運ぶ。

そして、一口齧《かじ》り、驚いたような声を上げた。

「ぱりぱりとしている！　不思議な食感だ！　口の中で砕けて、音がする。面白いなあ‼」

「そうでしょう、そうでしょう。お菓子だから、食感が面白いってのは大事よね」

「食感！　お嬢様の発想は、独創的ですね！　味以外の楽しみ方に着目するなんて‼」

「へ？　い、いや、それほど大層な話では……」

興奮し始めた料理長を前に、私は思わず1歩後ずさる。

あれあれ、これは先ほどまでむっつりと黙り込んでいた料理長と同一人物なのかしら？

突然、饒舌《じょうぜつ》になったのだけれど。

ぱちぱちと瞬《まばた》きを繰り返す私に構うことなく、料理長は夢中になって言葉を続ける。

「お嬢様、これはそういう食べ物だという先入観を捨てて食すると、味もすごく美味しいですね!!」

「そ、それはよかったわ。でも、素揚げしただけだし、料理というほどでは……」

「いや、新発想の立派な料理ですよ！　お嬢様は貴族のご令嬢として多くの物を見聞されているので、私とは異なり発想が豊かで、閃《ひらめ》く力に溢れているんですなあ。ああ、素晴らしい……」

突然、手放しで私を褒め始めた料理長の変わりように、私は驚きを隠せなかった。

……そ、そうね。専門家って自分の専門に貪欲よね。

あんなに距離を置こうとしていた私相手にすら、これほど一気に近寄ってくるなんて。

私は作り笑いをすると、チップスを入れた大皿を手に持った。

「わ、私の頭の中には、色々と新しい料理の構想があるから、また、厨房を借りると思うわ。その時にでも話しましょう」

「はい!!　お待ちしております、お嬢様!!」

「……ええと、ごきげんよう」

料理長のあまりの興奮ぶりに恐れをなした私は、早々に厨房を退散した。

それから、気持ちを切り替えると、温かいうちにコンラートに食べてもらうため、一直線に弟の部屋まで向かう。

足早に廊下を歩いていると、窓越しに見える外の景色が茜色に染まっており、陽が落ちてきていることに気付かされた。

あら、もう夕暮れだわ。

明日は月《つき》の曜日だから、今日中に学園に戻らないといけないのに、いつもより遅くなったわねと考える。

コンラートの部屋に入ると、既に夕食は終わっていたようで、私が手に抱えた皿を見ると、弟はきらきらと目を輝かせた。

「お姉さま、それはなあに？　コンちゃんにみーせーて！」

言いながら、私が胸のあたりに抱えた皿の中身を見ようとして、ぴょんぴょんと飛び上がる。

「ふふふ、コンちゃんお待ちかねのおやつよ」

私がそう言うと、コンラートはさらにぴょこりと飛び上がる。

「やったあ！　コンちゃんは、ずっと前からこれが食べたかったのよ」

「ええ、ずっと前って……。さっきこの部屋を出てから、まだ1時間も過ぎていないのに」

なんて可愛いことを言うのだろうと思いながら、コンラートと並んでソファに座る。

コンラートはさっとテーブルの上に置いた皿に手を伸ばすと、まずはカボチャのチップスを手に取り、口の中に一枚全てを詰め込んだ。

「コ、コンちゃん、そんな1度に口に入れなくても……！」

「ぱり、ぽり。……すごい、美味しい」

コンラートが両手で口を押さえながら、真顔でつぶやく。

「ええ、本当に、コンちゃん？　嬉しい！　こんなおやつでいいなら、お姉様はいつだって作るからね！」

「やっはあ」

口一杯に詰め込んでいるコンラートの滑舌がおかしい。

にもかかわらず、コンラートは次から次へとチップスを口に詰め込み始めた。

リスのように頰が膨らみ、元々下膨れだった顔がさらに膨らんでいく。

「コ、コンちゃん、のどに詰まるわよ。これは全部コンちゃんのものだから、ゆっくり食べてちょうだい」

心配する私を尻目に、コンラートはどんどんとチップスに手を伸ばして、口の中に収めていった。

そして、見る見るうちに、皿に山盛りあったチップスが半分にまで減ってしまった。

……い、いや、嬉しいけれど。

もちろん、コンちゃんのために作ったけれど、食べすぎじゃないかしら？

確かに作った分を全て持っては来たものの、1度に食べるとは思っていなかったし、食べすぎは体に良くないわ。

そう思い、コンラートを制止しようと口を開きかけたところ、突然、バンと勢いよく扉が開いた。

派手な音に、思わずびくりとして振り返る。

ノックもしないなんて何事かしらと驚いて見ると、サフィアお兄様が扉に寄り掛かるようにして立っていた。

「え？　お、お兄様？　どうしたんですか？」

驚いて尋ねたけれど、兄は無言で私とコンラートを交互に見つめただけで、返事をしなかった。

というよりも、乱暴な扉の開き方から急ぎの用事があったように思われたのだけど、兄は部屋の入り口に留まったままで、中に入ってこようともしない。

どうしたのかしら、と不思議に思っている私に向かって、兄は探るような視線を向けてきた。

「……それは誰だ？」

質問の意味が分からない。

「へ？　コ、コンちゃんのことを尋ねているんですか？　もちろん、お兄様の弟のコンラートですよ！」

兄は何を言っているのだと思いながらも、私は勢い込んで返事をした。

そういえば、最近、兄とコンラートは顔を合わせていなかったなと記憶を辿る。

子どもの成長は早いというけれど、実の弟が見分けられないというのは、さすがにどうなのかしら？

そう思い、兄の情のなさを非難する気持ちになっていると、兄は更なる不人情な発言をしてきた。

「私に弟はいない」

「へ？」

サフィアお兄様の言葉を聞いた私は、ぽかんと口を開けるしかなかった。

◇　◇　◇

「ちょ、お、お兄様、一体何を……」

私は慌てて立ち上がると、兄に向かって両手を突き出した。

いや、お兄様の一風変わった冗談なのでしょうけれど。

でも、言われた本人が正面から受け止めると、非常にダメージを受ける言葉よね。

コンラートが幼すぎて、あまり意味が分かっていないことが救いだけど、でも、これは駄目な種類の冗談だわ。

そう思って、兄を止めに入る。

「お、お兄様、の冗談にしては、珍しく意図が分かりません。ええと、聞いたコンラートがどう受け取るかしら？」

けれど、兄はいつもと違い、全く冗談で返してこなかった。

顔もにやにやとした面白がるようなものではなく、真顔になっている。

一体どうしたのかしらと首を傾げていると、兄はコンラートに視線を定めたまま質問してきた。

「この5分間何をやっていた？」

「へ？　5分間というと……ちょうど、コンラートがお菓子を食べるのを眺めていたと思いますけど。……ええと、お菓子は私が手作りしました」

私の言葉を聞いた兄が、ちらりとお菓子が入った皿に視線を動かしたので、私の手作り品であることを補足する。

ええ、まあ、確かに全体的に茶色っぽくて、華やかさに欠けるお菓子ではありますよね。

そう考え、少しだけ気落ちしていると、コンラートが慰めるかのように口を開いた。

「んー、コンちゃんは、お姉さまが作ったお菓子を食べたから、動けるようになったよう」

「コンちゃん！　なんて、優しいの！」

私の気落ちしていた気持ちを読み取って、フォローするかのように優しい言葉を掛けるコンラートに、思わず感動する。

「お兄様、ちょっと訳があって、コンラートとこの家を出て行く話をしていたのですが、その際にこの子は、『お菓子を食べないと動けなくなる』と言ったんです。つまり、コンラートにとって1番大切なのはお菓子なんですよ。そんなコンちゃんが、私の作ったお菓子で元気になったと言ってくれるなんて！」

「お前は、……そんなに簡単に弱点を聞き出しておいて……」

兄は頭痛がするとでもいうように、顔をしかめた。

「お兄様？」

兄の表情が今の状況にそぐわなすぎて、思わず首を傾ける。

けれど、兄はわずかに目を眇《すが》めると、聞こえない程の小声で何事かをつぶやいた。

「……なるほど。魔法使いの手作り菓子が発動条件《トリガー》だったのか」

それから、兄は私に近くに来るようにと手で合図をした。

何かしらと思いながら近付いて行くと、兄は無言で私の顎を摑《つか》み、至近距離から覗き込んできた。

「お、お、お兄様？」

近すぎると思い、慌てて離れようとしたけれど、兄の力が強くて顔を離すことができない。

まあ、摑まれている部位はちっとも痛くないのに逃げられないって、どんな摑み方をしているのかしら？

そう考える私の気持ちなどお構いなしに、兄は私の瞳をまじまじと覗き込んだ後、苦々しそうにつぶやいた。

「……『魅了』か。やっかいな」

「へ？　あ、あの、お兄様……」

「学園へ戻る時間だ。別れを言え、ルチアーナ。『コンラート』に普段通りの別れを告げるのだ。

刺激することなく、普段通りであることを示すだけでいい」

兄の発言は全く理解できなかったけれど、フリティラリア公爵領の一件で、兄が信頼できる人物だということは分かったので、言われるがままにコンラートに向き直る。

「ええと、……それじゃあね、コンちゃん。お姉様は学園に戻らないといけない時間になってしまったわ。週末には帰ってくるから、おりこうさんにしておいてね」

「はあい、お姉さま！　コンちゃんはおりこうさんにしているから、絶対に帰ってきてね！」

「も、もちろんよ、コンちゃん！　約束するわ!!」

最後にコンちゃんを抱きしめようと思ったけれど、兄が片手を握りしめたまま離してくれないので、弟が座っているソファに近付くことができなかった。

じろりと恨めし気に兄を仰ぎ見たけれど、無視をされ、コンラートの部屋の扉をバタンと閉められる。

それから、腕を摑まれたまま足早に玄関まで急がされた。

途中、兄は歩きながら、玄関近くにいた執事に指示を出していた。

「『コンラート』の部屋付近には、しばらく誰も近付けるな」

「え、ちょ、何てことを申し付けているんですか！　しばらくってどれくらいですか？　あの子は小さいんですから、色々とお世話をする人が必要ですよ！」

慌てて言い募るけれど、これまた無視される。

まあまあ、何てことでしょう。

いいですわ、お兄様。上等ですよ！　可愛いコンラートのためならば、私は戦いますからね！

そう憤る私の腕を摑んだまま、兄はそのまま馬車に乗り込んだ。

「へ？　お、同じ馬車で学園に戻るんですか？　というか、このまま？　私の荷物は部屋にあるんですけれど……」

もはや兄の行動が全く理解できなくなったため、私はぱちぱちと瞬きを繰り返した。

……これは一体、どうなっているのかしら？

お兄様と私はいつも、学園へ往復するのに別々の馬車を使っていたはずだけれど？

というか、私はフリティラリア公爵領から戻ってきてすぐにコンラートの部屋に行ったから、荷物は何一つ整理できていないし、部屋に置いたままなのだけれど。

「お、お兄様？」

困惑して尋ねる私に対し、サフィアお兄様は無言で見返してきただけだった。

◇　◇　◇

「お、お兄様？　どうなさったんですか？」

普段と異なる兄の様子に、何度目かの同じ問いを重ねる。

けれど、兄は返事をすることなく私から視線を外すと、無言のまま馬車の外を眺めていた。

「……サ、サフィアお兄様!?」

我慢できずに再度呼ぶと、兄は小さくため息をついた。

「……聞こえている。……そうだな、侯爵邸とはだいぶ距離が離れた。少しはましか」

そう言うと、兄は力が抜けたかのように馬車の背もたれに背中をあずけた。

その仕草を見て、あれ、兄は緊張していたのかしら、と思う。

窓の外をずっと見ていたのも、何かを警戒していたのかもしれない。

では、何をかしらと考えた時、先ほどのコンラートの部屋でのやり取りの時に覚えた違和感を思い出す。

「……お兄様、私と話す余裕はありますか?」

「そうだな。私もお前に話がある」

兄が頷いたので、微妙な話題だなと思いながらもおずおずと口を開く。

「ええと、お兄様は先ほど、自分に弟はいないと発言されましたけれど、コンラートは弟ですよ。3歳の子どもにはお兄様の高度な冗談は分かりにくいので、ああいう言い方は止めた方がいいように思うのですが……」

改めて面と向かうと、兄の冗談が下手だとストレートに言うことは躊躇《ためら》われた。

そのため、できるだけ優しい言い方になるよう気を付けたけれど、まだ不十分だったのか、兄から無言で見つめられる。

「え、ええと、お兄様……」

「……そうだな。お前の言う通り、私には弟がいた。私が7歳、お前が4歳の時に生まれた弟だ。コンラートと名付けられた、紫紺の髪の男児だった」

沈黙が続いたため、耐えられなくなった私が口を開くと、私の言葉に被せるように兄が口を開いた。

「え、ええ、その通りです！　コンラートは弟ですよ」

年齢のくだりが一部理解できなかったけれど、兄がやっとコンラートの存在を認めたので、嬉しくなって繰り返す。

けれど、兄は探るかのような目で、私を至近距離から見つめてきた。

「……が、コンラートは3歳の時、病が因《もと》で亡くなった。お前は酷く泣きじゃくっていたが……忘れてしまったのか？」

「…………え？」

兄は何を言っているのだろう。

先ほど、コンラートは元気だったじゃあないか。しかも、今がちょうど3歳だ。

兄の発言の真意が分からず、眉根を寄せて考えていると、ほっとため息をつかれる。

「悪かった、ルチアーナ。私のミスだ。まさか家の中に危険があるとは思わず、お前を放置しておいた私の責任だ。……お前は、長い時間をかけて、『魅了』の魔術をかけられている。『コンラート』の存在について」

「…………え？　『魅了』ですか？」

聞いたことはあった。

――『魅了』という、特殊な魔術について。

それは非常に希少で、まず滅多にお目にかかれない稀有な魔術という話だった。

どれくらい稀有かと言うと、扱える者は王国中を探しても一つの家柄しかないほどだ。

そして、希少性が高い分強力で、術者の魔力が強ければ強いほど相手の心を動かせるという。

その『魅了』の魔術を、コンラートについてかけられている？　私が？

兄の言葉を胸の中で反芻《はんすう》すると、私は困惑して兄を見つめた。

兄はそんな私を正面から見返すと、ゆっくりと言葉を紡いだ。

「思い出せ、ルチアーナ。コンラートはお前が7歳の時に、3歳で亡くなった。……それからしばらくして、お前が丸一日行方不明になったことがあった。家中の者がお前を捜したが、何の手掛かりもない。突然消えてしまったかのように、お前はいなくなったのだ。……そして、消えた時と同様、突然、お前は戻って来た。腕の中に青紫色の四足獣を抱いて」

「青紫色の四足獣……」

兄の言葉が、何かの記憶に触れる。

……確かに、私は幼い頃、とても綺麗な色の動物を飼っていたような気がする。

そうだ、あの動物はどうしたのだっけ……？

ずきずきと痛みだした頭を押さえて、記憶を辿っている私を慎重そうに見つめると、兄は話を続けた。

「丸まっていたので、獣の種類はよくは分からなかったが、その四足獣を飼うとお前は宣言した。……獣の1匹くらい増えたからと言って、我が侯爵家が困ることはない。弟を亡くして淋しいのだろうと好きにさせていたら、お前はその獣に『コンラート』と名付け、弟の部屋だった場所を与えていた。あまりいい趣味だとは思えなかったが、お前の気が済むまではと自由にさせていたところだ」

「コンラートが、……獣の名前……？」

兄の言葉を聞くにつれて、どくどくと心臓が高鳴り出した。

聞いてはいけないものを聞いているような、そんな心苦しさすら覚え始める。

兄は私から目を逸らさずに、言葉を続けた。

「お前が拾ってきた『コンラート』は、不思議な気配をしていた。邪《よこしま》なものは感じられなかったためにお前の側に置いていたが、非常に独特な気配を持ち、その存在を離れていても感じ取れたほどだ。侍女たちの話によると、『コンラート』は窓から自由に出入りしており、ほとんど部屋には寄り付かず、お前の前以外には姿を現さないとのことだった。実際、お前が館にいない時に、『コンラート』の気配を感じたことは1度もない」

兄の話が進むにつれて、どんどんと気分が悪くなってくる。

頭のどこかで、兄の言葉は真実だと理解し始めているのかもしれない。

……でも、そうしたら、あの可愛い可愛いコンラートを、どう考えたらいいのだろう？

「ただし、お前が館にいる時は、いつだって館の中に『コンラート』の気配があった。お前が気まぐれに訪れるのを待っているのだとしたら、健気な獣だと思ったものだ。時々、ちらりと獣の姿を見かけることがあったが、いつまでたっても小型のままで、おかしな気配もなかったので、お前に怪我をさせることもないだろうとそのままにしておいた。そして、実際、今まで何の問題もなかった」

兄の言葉を理解しようと、私は一生懸命記憶を辿る。

……そうだ、コンラートはいつから私と一緒にいたのだっけ？

3歳だから、3年前？

……いいえ、もっと前から一緒だった気がする。

「だが、先ほど突然、『コンラート』の部屋から尋常ではないほど強力な気配が発生した。なかなかお目にかかれないレベルのエネルギーだ。発生源を突き止めようと来てみれば、お前は見知らぬ子どもと一緒にいた。……ああ、偶然にも、私たちの亡くなった弟と非常にそっくりな色合いをした子どもと」

「そう……コンラートは、薄い青紫の髪に緑の瞳で……」

「そして、更に不思議なことに、その子どもからはお前が『コンラート』と名付けていた獣と同じ気配がした。身に収めているエネルギーは、天と地ほども違うが。さて、これをどう考えたものだろうな？　……獣から人間に変態する存在など、私は知らない」

兄はそう口にすると、正面から私を見つめてきた。

◇　◇　◇

「お兄様、コンラートは……、コンラートは……」

兄の言葉に嘘はないと思うものの、話が突然すぎて受け入れることができない。

ずきずきと耐えられないほど痛み出した頭を押さえて俯《うつむ》いていると、兄から両肩を掴まれた。

そして、顔を上げさせられ、間近から覗き込まれる。

「目を覚ませ、ルチアーナ。……お前は、『コンラート』に魅入られている。お前が弟だと思っているあの子どもは、お前の弟ではない。本物のコンラートは亡くなった。お前を魅了している『コンラート』は別の何かだ」

「コンラートは、亡くなった……」

自分で口にしたというのに、その言葉に胸が痛む。

「そうだ。コンラートは亡くなった。そのことを思い出し、受け入れろ」

「…………」

私はぎゅっと目を瞑《つむ》ると、頭の中からコンラートの姿を追い出そうとした。

可愛らしく、いつだって甘えてくるコンラートの姿を。

「お姉さま」と呼んでくる、子どもらしい柔らかい声を。

そんな私の隣から、兄の声が降ってくる。

「幸いなことに、あの『コンラート』に悪意はない。今すぐ誰かを傷付けることはないだろう。ただし、『コンラート』のエネルギーが大きすぎることと、お前が魅了されていることは問題だ。

……だからこそ、取り急ぎ問題の一つを解決するため、学園へ戻っているところだ。魅了に詳しい者に心当たりがあるからな」

「魅了に詳しい人物……」

その者が私を救ってくれるのだろうかと、希望を持って兄を見つめる。

……ここまで聞いても、私の頭はまだコンラートを弟だとしか認識していなかった。

兄が嘘をついているとは決して思わないけれど、コンラートが弟でないとも思えないのだ。

けれど、この状態が、私が魔術にかけられている結果だとしたら、それを受け入れてはならないと思う。

……たとえ、弟を失う結果になったとしても。

私はぎゅっと両手を握りしめると、唇を噛《か》みしめた。

心の機微に敏感な兄は、私の気持ちを理解してくれたのだろう。

表情を緩めると、私の髪をくしゃりと撫でまわして、優しい声を出した。

「ウィステリア公爵家は『魅了』の特質を継承している一族だ。間違いなく、『魅了』について王国内で1番詳しい。あの家の三男が学園の1年に在籍している。まずは、彼を訪ねてみよう。解決できないようであれば、王国の魔術師団長に助力を頼む。師団長も、ウィステリア公爵家の人間だからな」

「ウィステリア公爵家……」

私は聞き覚えのある家名を聞いて、思わず繰り返した。

……ウィステリア公爵家の三男と言えば、ゲームの攻略対象者だ。

ルイス・ウィステリア。

代々強大な魔力を持つ公爵家の一員。

通常であれば、攻略対象者と関わるなんてとんでもない、と言うところだけれど、今のように切羽詰まっている現状では、近寄りたくないなどと言える余裕は全くなかった。

私はぐっと拳を握りしめると、兄に向き直った。

「お兄様、ご迷惑をお掛けして申し訳ありません。自分では『魅了』にかかっているのかどうか全く分かりませんが、これだけお兄様の話を聞いても、コンラートは弟だとしか思えないのです。言われてみると、……確かに、私がまだ子供の頃に弟が生まれたような記憶があります。けれど、今3歳のコンラートを見ても、違和感なく弟だと思うのです。これが『魅了』のせいであるというのならば、私の心は操られているので、解いてほしいと思います」

「よく言った、ルチアーナ。大丈夫だ、お前の状態異常を解除する方法は、私が必ず見つけよう」

そう言うと、兄は安心させるように笑った。

……不思議だ。

何の根拠もないのに、兄が約束してくれると、何とかなるような気持ちになってしまう。

私がふ――っと長いため息をついていると、同じタイミングで馬車がゆっくりと停車した。

どうやら、学園に着いたようだ。

「今日はもう遅い。ウィステリア公爵家のルイス殿を訪ねるのは、明日にしよう」

「……分かりました」

兄が明日でいいと言うのならば、そう急ぐ必要もないのだろう。

そう考えながら、いつの間にか兄に絶大の信頼を置いていることに気付く。

荷物がなかったので、そのまま手ぶらで寮へと向かっていると、背中から兄の声がかけられた。

「要らぬことを考えずに、今夜は十分眠るんだぞ。お前が寝不足になると、整っているのに不細工という不思議な現象が起こるからな。そんな恐ろしい顔でルイス殿に頼みごとをしても、多分、聞き入れてはもらえないだろう」

思わず振り返ると、兄の表情はいつも通りのからかうようなものに戻っていた。

私はなぜかその兄の表情に安心して、色々あったにもかかわらず、その日はぐっすりと眠れたのだった。

◇　◇　◇

翌日、私は普段より早く目が覚めた。ものすごく早く。

コンラートのことが気になって、自然と目が覚めてしまったようだ。

基本的に遅刻寸前まで眠りこけているルチアーナが早起きするという想定はないようで、学園に連れてきている専属の侍女2人は、未だ夢の中だった。

起こす必要もないと手早く1人で制服に着替え、まだ肌寒い早朝にこっそりと外に出る。

早朝と言うよりも、朝明けの時間帯だった。

少しずつ明かりが差し込み始めたばかりの、世界のほとんどが寝静まっている時間帯。

そんな中、さくさくと降り積もった落ち葉を踏みしめながら、敷地内に植えられた木立の中を歩いて行く。

歩いて体を動かすことは脳を働かせることにつながり、部屋の中にじっと閉じこもっているだけでは浮かばない、新たな考えを思いつくことがある。

その可能性に期待して、私は1人、学園の庭をゆっくりと歩いていた。

『お前が弟だと思っているあの子どもは、お前の弟ではない。本物のコンラートは亡くなった。お前を魅了している「コンラート」は別の何かだ』

昨夜、兄に言われた言葉が蘇る。

けれど、どれだけ『コンラートは弟じゃない』と自分に言い聞かせても、私にはコンラートが弟に思えて仕方がなかった。

私の頭はどうなってしまったのかしらね、と思いながら苦笑していると、突然私の目の前にはらりと繊細な花びらが舞い落ちてきた。

「え？」

季節は秋で、枯れ葉が舞い落ちるというのならば分かるけれど、なぜ花びらが？

そう考え、驚いて振り仰ぐと、はらりはらりと何枚もの美しい花びらが空から降ってくるところだった。

同時に、美しい紫色の花の波が幾つも幾つも目の前に見えた。

どうやらぼんやりと歩いているうちに、「春の庭」に足を踏み入れてしまったようだ。

魔術訓練の一環として、学園内には四つの季節の庭がある。

一年中、実際の気候や天気にかかわらず、「春」「夏」「秋」「冬」のそれぞれの季節の花を保つよう、生徒たちが労力を費やしているのだ。

その中の一つである「春の庭」。

知らずその中に踏み込んでいた私が、まず目を奪われたのは、圧倒的なまでに美しい藤の花だった。

薄紫色の房状の花が幾つも幾つも垂れ下がる姿は、さながらシャンデリアが咲き乱れているようだ。

目に入った瞬間、「花の波」だと思ったほどに、連なって垂れ下がる藤の花は美しかった。

ふと浮かんだ歌が、口をついて出る。

「かくしてぞ　人は死ぬといふ　藤波の　ただ一目のみ　見し人ゆゑに」

(藤のように美しいあの人をただ一目見ただけなのに、こんな風に恋焦がれたまま、人は死んでいくものなのだ)

万葉集の中の好きな一首だ。

学生の頃に繰り返し読んでいた一首だったけれど、案外覚えているものだ。

幻想的な藤の花を目にした途端、つい口ずさんでしまうほどには。

そう思いながら藤の花々に見とれていると、突然、少し高めの耳に心地よい声が響いた。

「……とても、いい歌だね」

その場にいるのは自分1人だと思い込んでいたため、掛けられた声に驚いて声の主を探す。

すると、木の幹に背中を預けるようにして、1人の男性が佇んでいた。

「……っ！」

その男性を目にした途端、私は思わず息を呑む。

――なぜなら、一瞬、藤の花の精かと思ってしまうほど、美しい存在に見えたからだ。

遠目にも、男性がすらりとした均整の取れた体つきであるのが分かったけれど、最も目を惹いたのは、稀なるその髪色だった。

朝焼けの光に照らされた男性の髪色は、視界に入る藤の花と全く同じ色だった。

その滅多にない美しい髪色を見て、私はごくりと唾を飲み込んだ。

……私は、この景色を見たことがあるわ。

藤色の髪を持つ一族なんて、王国広しといえど、ウィステリア公爵家しか存在しない。

そして、「春の庭」で、圧倒的なまでに美しい藤の花の下で出会うこのシーンは……。

この世界そのものである乙女ゲーム『魔術王国のシンデレラ』における、ルイス・ウィステリアと主人公との出会いのシーンだった。

7 魅了の力

まだあどけなさが残る、整った貌《かお》が私を見つめてくる。

その白皙《はくせき》の美貌を見て、間違いない、攻略対象者である公爵家の三男、ルイス・ウィステリアだと確信する。

ルイスの大きな水色の瞳は長いまつ毛に覆われており、すっと通った鼻筋の下、女性よりも赤い唇が少しだけ弧を描いていた。

どこからどう見ても、完璧な美少年だ。

15歳という年齢からも分かるように、身長がまだ伸び切っていないようで、ルイスは私よりも少し高いくらいの背の高さだった。

そのため、視線の高さがほとんど同じで、安心感を覚える。

「……詩歌と呼ぶには短いし、珍しい形式をしているけれど、とても素晴らしい歌だと思う」

ルイスは少年特有の澄んだ声で、ゆっくりとそう言った。

突然のルイスの出現についていけず、硬直する私を知らぬ気に、彼は言葉を続けた。

「藤の美しさを賛美する気持ちが、痛いほど胸に響くね……」

そして、……ルイスは幹に預けていた体を起こすと、ゆっくりと藤の下まで歩み寄り、藤の花を見上げた形で……涙を流した。

ルイスの真っ白な肌の上を、透明の液体がゆっくりと滑り落ちていく。

「特に、藤が風に吹かれる様子を『藤波』と、波のように揺れ動く様だと表現したところが秀逸だ。……そうだね、もう1度愛しい人に会いたいと思いながらも、結局は叶わずに死んでいくものなのだね」

最後は独り言のようにつぶやくと、腕を伸ばして藤の一房に触れた。

「藤は美しい花だ。華やかで、人を魅了する。藤のようになりたかったな……」

ぽつりとつぶやくルイスを見て、私は状況を理解しようと必死だった。

……ええと、ルイスは何を言いたいのかしら？

藤のようになりたかったと発言したけれど、ウィステリア公爵家の家紋は藤だ。

その家出身のルイスは、正に藤と表現しても差し支えないだろう。

髪色だって藤の色そのままで、ルイスの背後にある藤の花と同化しているように見える。

……というか、そもそもどうして泣き出したのかしら？

未だに静かに涙を流し続けるルイスが気になってしまい、私はちらちらと彼の顔に視線を送る。

ルイスは突然、涙を流し始めたわよね？

私は悪役令嬢ではあるけれど、彼を泣かすような意地悪な言葉は口にしていないわ。

それなのに、急に泣き出すなんて、一体何が理由なのかしら？

それに、出会った場所と相手が一致していたため、思わずゲーム通りの出会いだわと思ってしまったけれど、冷静に考えるとゲームとは異なる流れだわ。

そう考えながら、ゲームの主人公がルイスに出会うシーンを思い浮かべる。

主人公は確かに「春の庭」でルイスに出会いはした。

けれど、ゲームの中の出会いは、こんな早朝ではなく昼休みの時間帯だったし、ルイスは木の幹に体を預ける形で眠っていた。

すやすやと眠るルイスが風邪をひかないようにと、主人公が羽織っていたカーディガンを着せかけて去っていくという、今後の展開を期待させるシーンだった。のに、……はて、何だこれは？

現状が理解できず、思わず顔をしかめかけた私だったけれど、突然閃いて、「ああ！」と声を上げた。

そうだわ、私はゲームの主人公じゃないのだから、ゲームと同じシーンが用意されているわけがないじゃない！　あのシーンは主人公のものなのよ。

そうよね。こんなに可愛らしい美少年のお相手を私が務めようなんて、おこがましいにもほどがあるわ。

そう納得しながらも、……でも、あくまで個人的意見だけれど、……このルイスが落涙するシーンは、ゲーム中の出会いのシーンよりも印象深いわねと思うのだった。

◇　◇　◇

結局、涙するルイスに気の利いたことを言うことができず、私はそのまま彼と別れた。

さくさくと落ち葉を踏みしめながら、元来た道を戻っていく。

……昨日、フリティラリア公爵家でラカーシュと別れた時にも思ったのだけれど。

私は悪役令嬢として、咄嗟の場合の決めゼリフが弱いわよね。というか、決めゼリフ自体が出ないわよね。

ゲームの中のルチアーナは、もっと印象深い言葉を繰り出して、（悪い）印象を残すタイプだったはずだけれど、ちっとも役割を全うできていない。

……いや、でも、そもそも私は悪役令嬢を目指していないし、正しい悪役令嬢道を追求する必要はないわよね。

というか、断罪されないためにも、悪役令嬢らしからぬ振る舞いをするべきよね。

あれ、ということは、この悪役令嬢としては不甲斐ない今の態度が、私の目指すべきパーフェクトな姿なのかしら？

うーん、悪役令嬢としての価値はなくなるけど、身を守るためには仕方がないわよねー、などとぶつぶつつぶやきながら自分の部屋に戻ると、侍女たちはまだ眠っているようで、物音一つしなかった。

ああ、早起きしすぎたなと思いながらソファに座り、学園から持ち帰った教科書を広げる。

……ふふふ、新生ルチアーナは日々進化しています。

今は毎日、教科書を寮まで持ち帰るようになったのです。

断罪され、放逐された後でも1人で生きていけるように、もっと言うなら、家族くらいは養っていけるように、お金を稼げるスキルを身に付けるために頑張りますよ！

そうして、手に取った教科書——1番薄かった「王国古語」を読み始めたのだけれど、ふと疑問が湧いて顔を上げる。

……そういえば、セリアを襲おうとした魔物を撃退した際、「王国古語」の教科書に記載してあった一節が助けになったのよね。

どうしてあのタイミングで「王国古語」のことを、しかも、魔物を撃退するヒントとなったあの一節を思い出したのかしら？

私よりも何倍も勘のいい兄やラカーシュは、気が付きもしなかったというのに。

そして、なぜセリアは襲われなければならなかったのかしら？

……う——ん、分からないわね。

サフィアお兄様に尋ねたら、一定の答えは返ってくるのでしょうけど、……聞くべきか、聞かざるべきかの判断が難しいところよね。

そう思い、しばらく考え込んでいたけれど……結論が出る。

やめた。

答えを聞くことで私の好奇心は満足するけれど、それ以上に大事な何かを失う気がする。

お兄様は最終的には正義の味方なんだけれど、いたずら心がありすぎるのよね。

結論が出たため、私は残りの時間を、教科書を読むことに費やした。

その後、しばらく経って入室してきた侍女に、「お、お嬢様がお勉強!?」と驚かれたけれど、ふふ、この光景は日常になりますよ。


そして、その日、――学園は普段通りに始まった。

取り巻きの貴族たちからは憧憬《しょうけい》の眼差しで見つめられ、エルネスト王太子には無視される、いつも通りの始まりだ。

普段と異なるのは、王太子と一緒に話し込んでいるラカーシュを見かけなかったことくらいで、恐らく、彼はまだ領地にいるのだろう。

そういえば、ラカーシュとセリアは数日間学園を休むと言っていたわねと、盗み聞いていた内容を思い出し、彼らの不在を納得する。

ラカーシュと言えば、セリアが魔物に襲われたり、その魔物を撃退したりと色々あったから、昨日の後半は混乱状態だったわよね。

孤高の「歩く彫像」が、どういうわけか私と親しくなりたがっているように見えるなんて、状態異常としか思えない。

最後の方なんて、私素敵フィルターがかかりっぱなしの状態だったし。

でも、ラカーシュは冷静で沈着な人物だし、次に学園に顔を出す時には、混乱状態は収まっているはずよね。

一抹の不安はあったものの、自分を安心させるため、私はそう結論付けた。


さて、その日はいつも通りの1日だったはずだけれど、昼休みになると、初めての光景に出くわした。

つまり、3学年の生徒であるサフィアお兄様が私のクラスに顔を出したのだ。

「きゃあああ！　サ、サフィア様よ！」

「まあ、相変わらず、うっとりするほど麗しいわね！　髪をかき上げる仕草を見るだけで、背筋がぞくぞくするわ！」

「見目麗しいだけではなくて、ものすごく女性にお優しいらしいわよ！　紳士の鑑だわ！」

兄を目にした途端、きゃあきゃあと騒ぎ出した女生徒たちを見て、私は呆気にとられる。

……え？　お兄様って、学園で人気があったの？

　確かに外見は、美形揃いと有名なリリウム魔術学園でも5本の指に入るほど整っているけれど、性格が個性的すぎるため、女性たちから敬遠されているものだとばかり思っていた。

　ああ、でも、騒いでいる女生徒たちは兄と学年が異なるから、兄の性格は知らずに、外見だけを見て騒いでいるのかもしれないわね。

　そんな風に考える私の目の前で、兄はきゃあきゃあと嬌声《きょうせい》を上げている女生徒の1人に声を掛けていた。

「やあ、ルチアーナを呼んでもらえないだろうか？」

　……こういうところは、心得ているなと思う。

　私は兄から見える位置に立っているのだから、直接私に声を掛ければいいだろうに、わざわざ頬を赤らめている女生徒の1人に声を掛けている。

　声を掛けられた女性はそれだけで嬉しいし、兄も損をしない。

　恐ろしい人心掌握術だわ。

　そう考えながら、私は兄に続いて教室を出た。

「昼休みの時間は大抵、ルイス殿は『春の庭』にいるようだ」

　兄が提供してくれた情報に、心の中で頷く。

　……知っています。今朝、正にその場所で会いましたから。

　そして、ゲームの主人公と初めて顔を合わせた場所も、そこですから。

ルイスは「春の庭」が好きなんだろうな。

そう思いながら「春の庭」に足を踏み入れたところ、……ルイスと見知らぬ女生徒が言い合いをしている場面に出くわした。

◇　◇　◇

正確に表現すると、女生徒が一方的にまくし立てており、ルイスは黙って聞いている状況だった。

「ルイス様、酷いわ！　私がこんなにルイス様のことを好きなのは、ルイス様が『魅了』の魔術をかけたせいなのに！　なのに、好きになるだけならせておいて、後は知らない振りだなんて！　私に『魅了』をかけた責任を取ってください!!」

えっ、ルイスは『魅了』が使えたの!?

彼らの話を聞いていた私は、心の中で驚きの声を上げた。

ゲームの中で、ルイスが特殊な魔術を使えるという設定はなかった。

それなのに、この世界のルイスは『魅了』が使えるのだろうか？

訝しく思う私の前で、ルイスは困ったような表情で女生徒に向き合っていた。

「……僕は、『魅了』の魔術は使えないよ。あれは非常に稀有な特殊魔術だから、我が公爵家においても、1代にたった1人しか能力者は現れないくらいだ。そして、今代でその特殊能力を引き継いだのは僕じゃない」

ルイスは何気なさを装って発言していたけれど、その目が悲しそうに陰ったことは、側で見ていて簡単に気付くことができた。

……ああ、ルイスは『魅了』の能力を引き継ぎたかったのだわ。

そんな彼に対して、……望んでいた『魅了』の能力を引き継げなかったルイスに対して、『魅了』の魔術をかけただろうという言いがかりは辛いに違いない。

この女生徒がルイスを好きだと言うのならば、もう少し彼の表情に着目して、せめて傷付けないように発言してくれるといいのだけれど。

そう考え、どう対応したものかと迷っていると、自由人である兄が陽気な声を上げた。

「やあ、ルイス殿が持っているのは、『魅了』ではなくてただの魅力じゃあないのか？　魔術の力で万人を魅せられるのならば、ぜひとも私の妹にかけてほしいものだな。恋愛的な感情面が未発達な妹に、高等教育を施すためにも」

「な！　お、お兄様、何を言っているのですか？」

突然、話題にされたため、驚いて声を上げる。

けれど、驚いたのはルイスと女生徒も同じだったようで、びくりとしたように振り返った。

驚いたという行為自体は私と同じだったけれど、彼らが驚いた理由は、兄の発言内容というよりも、2人きりだと思われたところに、突然声を掛けられたことによるものだろう。

「え……と……」

その証拠に、兄を見たルイスが戸惑ったように瞬きを繰り返す。

多分、いつの間にか盗み聞きをしていた傍観者が、図々しくも発言してきたことに驚いているのだろう。

分かります、茫然とする気持ちは分かりますよ。

けれど、早めに自分を取り戻さないと、いつの間にか兄のペースに巻き込まれてしまいますからね。

果たして、兄はとぼけたような表情で口を開いた。

「やあ、お取り込み中に申し訳ない。藤の花があまりに美しかったので、妹とともに観賞しに来たのだが、まさか藤の花とも見紛うような美しい2人がいるとは思いもしなかった」

「ま……あ、サフィア様ったら！」

女生徒は兄のことを知っているようで、兄の名前を嬉しそうにつぶやいた。

というか、兄を見た女生徒の頬が赤らんでいる。

……いやいや、あなたはたった今、ルイスに好きだと告白していたのでしょう？

それなのに、兄の適当な一言にも頬を染めるというのはどういうことなのかしら。

本当にきっと、全く心がこもっていない一言ですよ。そんなものに心を乱される価値はありませんから。

そう心の中でつぶやいていると、横から兄が口を差し挟んできた。

「アンナ嬢、恋を成就させるためには駆け引きが大事だ。今の君は十分なくらいルイス殿を押しているので、次は引いてみるのもよいのじゃないか？」

「まあ、サフィア様が私にアドバイスをくださるなんて！　そう……そうですわね。サフィア様のおっしゃる通りですわ。サフィア様、ルチアーナ様、お見苦しいところをお見せしました。それでは、ルイス様、またお会いしましょう。ごきげんよう」

アンナはくるくると表情を変えると、最後は恥ずかしそうな表情で足早に去って行った。

……ルチアーナは学園の有名人だから、アンナが私の名前を知っていたとしても驚きはしないけれど……お兄様はどうしてアンナの名前を知っていたのかしら？

不思議に思い、ちらりと兄を見上げる。

「お兄様はアンナ嬢とお知り合いでしたの？　少なくともお名前を憶えているくらいには？」

「いやーあ、学園に通う女生徒は、たかだか１００名程度だ。礼儀として、全員の名前を憶えているに決まっている」

「な、なるほど。お兄様ならそうでしょうね……」

兄の言葉に納得した私は、ぽつんと立ち尽くすルイスに向き直った。

ルイスは兄に視線を向けると、自嘲するように小さく微笑んだ。

「助けてくれて、ありがとう。僕はどうにも言葉を操ることに長《た》けていなくてね。サフィア殿がうらやましい」

いやいや、誰もがお兄様のようになったら大変だわ。

ルイスはそのままでいてちょうだい。

というか、ルイスがお兄様の名前を知っているということは、今度こそ知り合いなのかしら？

兄とルイスを交互に見つめていると、兄からため息をつかれる。

「ルチアーナ、聞きたいことがあるのならば口に出しなさい。それは、淑女の控えめな態度ではなく、好奇心に満ち溢れた子どもの態度だ」

「えっ」

「それから、お前の表情から読み取れる質問に答えると、学園内の生徒のほとんどは知り合いだな。そう大きくもない学園だ、知り合わない方が難しい」

……本当に、お兄様は社交的ですよね。

侯爵家の嫡男に、生まれるべくして生まれてきた感じだわ。

そう感心する中、兄が口を開いた。

「ルイス殿、聞きたいことがあるので、少し時間をいただけるかな？」

◇　◇　◇

「ええ、もちろん。僕で答えられることならば」

ルイスは大きな丸い目で兄を見つめると、誠実そうに頷いた。

……ああ、そうだった。

ルイスは名門公爵家の末っ子だったわ。

皆から大事にされ愛されてきたから、すごく素直に育っているのよね。

受け取り方によっては不躾《ぶしつけ》だとも取れる、突然の兄からの申し出に対し、誠意をもって対応しようとするルイスの態度を見てそう思う。

ルイスに案内されるまま、藤棚の側に設置されていた木製のベンチに3人で腰を下ろしたところで、兄が口を開いた。

「ルイス殿に聞きたいことは他でもない、『魅了』についてだ。単刀直入に言うと、妹のルチアーナが魅了をかけられている。だが、私はこの特殊魔術について詳しくないので、術者と解除方法が分からない」

兄の言葉を聞いたルイスは、言いにくそうな表情をした。

「……失礼に聞こえたら申し訳ないけど、ルチアーナ嬢は本当に魅了にかかっているのかな？　魅了にかかっていると言ってきた者はこれまでにも大勢いたけれど、どれもが勘違いだった」

「ルチアーナの瞳に印が刻まれている。私の理解が誤っていなければ、これは魅了印と呼ばれる印の色合いだったと思うのだが？」

兄がさらりと大事なことを言う。

え？　え？　私の体に、私の知らないところで、何かが刻まれているんですか？

や、ちょ、前世ではピアスすらしたことがなかったのに。これは、タトゥーの一種ですかね？

驚き慌てる私とは対照的に、ルイスはより困ったような表情をしただけだった。

「……では、ルチアーナ嬢、君の瞳を確認してもいいかな？」

育ちがいいので、はっきりと否定してこないけれど、明らかに私が魅了にかかっていることを信じていない様子だった。

ルイスがこのような態度を取るということは、彼にとっても魅了の魔術は珍しいものなのだろう。

興味が薄い様子で至近距離から覗き込んできたルイスだったけれど、私の瞳に視線を移した途端、はっとしたように息を呑んだ。

それから、肌が触れ合うくらいに近付いてくると、真剣な表情で私の瞳を覗き込んでくる。

……え、ちょ、こ、これは駄目な距離ですよ！

むりむりむりむり、こんな美少年に近寄られるほどの修行を私は積んでおりませんから。

う、うわあ、ルイスってば、間近で見ても整っているって、どれだけなのよ。

美少年！　これは、本当に美少年だわ。

間近で美少年に覗き込まれるという衝撃に、私は目を見開いたけれど、ルイスにとっては観察しやすかったようで、角度を変えて丁寧に瞳を覗き込まれる。

緊張し、呼吸をすることも躊躇われるような時間が続く。

実際の所要時間は分からないけれど、ルイスが姿勢を正した時には、疲労のあまりずるりとベンチに倒れ込んだ私だった。

び、美少年の破壊力って半端ないわね！

「……サフィア殿、大変失礼した。信じがたいことだけれど……この色遣いは間違いない。確かにルチアーナ嬢は、魅了の魔術をかけられている。こんなにはっきりとした印は僕も初めて見た。つまり、これほどの印を残せるということは、術者は強力な力の持ち主だということだ」

ルイスは先ほどとは全く異なる真剣な表情で、兄に説明を始めた。

対する兄は、わずかに頷くと先を促す。

「むー、それで、妹に術をかけた相手は特定できるものか？」

「……印は、術者が『自分のものである目印』をつけるためのものだ。だから、……この印を正しく読み解ければ分かるのだろうけれど、申し訳ない。僕にはこの印に心当たりはない」

ルイスが申し訳なさそうな表情で言葉を続ける。

「そうか。ところで、『魅了』の魔術を行使できるのは、ウィステリア公爵家だけだったな？」

聞き方によってはルイスの家を疑っているような発言を、兄はさらりと行った。

けれど、ルイスは反発することなく真面目な表情で頷くと、兄の言葉を肯定した。

「その通りだ、サフィア殿。『魅了』は本当に特殊な魔術だから、王国広しといえども、我がウィステリア公爵家の者しか行使できない。そして、そんな我が家でも、1代に1人しか継承されないほど希少なものだ。……今代でその稀有な特殊能力を引き継いだのは、僕の弟だった。けれど、弟は、……ダリルは6歳の時に亡くなった。だから、今現在、ウィステリア家の者で『魅了』の術を使える者は誰もいない」

「……まあ」

私は思わず声を上げた。

ゲームの中のルイスは「三兄弟の末っ子」という設定だった。

そのため、ウィステリア公爵家に4番目の子どもがいて、ルイスの弟だったという話に驚かされたのだ。

そのうえ、私自身は信じ切れないでいるものの、弟のコンラートは亡くなっていると兄は言った。

同じように弟を亡くしたルイスの悲しみが身につまされたのだ。

「ルイス様、弟君のご逝去、心からお悔やみ申し上げますわ」

痛まし気な表情で言葉をかけると、ルイスはぱちくりと目を瞬かせた。

「ダイアンサス侯爵家のご令嬢は、思いやりも常識もない女性だって聞いていたけれど、……噂なんて当てにならないね」

それから、ぺこりと頭を下げる。

「今朝は自己紹介もできなくてごめんなさい。ルイス・ウィステリア、学園の1年です」

「まあ、ご丁寧に。(でも、面と向かって、私の悪い噂を述べるところは、いかにも純粋培養された良家のお坊ちゃんだわね。)ルチアーナ・ダイアンサスです」

同じように自己紹介をすると、ルイスは視線をずらし、じっと私の髪を見つめてきた。

「今朝遠目に見た時から、ルチアーナ嬢の髪色が気になっていたんだけど、近くで見ても、咲き初めの藤の花のような美しい色だね。だから、魔物も君を所有したくなったのかな？」

さらりとルイスが恐ろしいことを口にした。

◇　◇　◇

「ま、ま、魔物？　が、私を所有したい？」

私は聞き間違いであればいいなと思いながら、恐る恐るルイスに確認する。

けれど、ルイスは無情にも、真顔で肯定してきた。

「うん、あくまで僕の推測だけどね。ウィステリア家の今代の継承者であるダリルは亡くなったし、前代の『魅了』は失われている。だから、人間の中にあの特殊魔術を使える者は誰もいない。つまり、ルチアーナ嬢に魅了をかけた者は人間以外のもので……1番可能性が高いのは、魔物だと思う」

「そ、それ以外の可能性はないのかしら？」

「僕が知っている限り、『魅了』を使える存在は、ウィステリア家の継承者、高位の魔物の二つのみだ。他にもいるけれど、……それはもう、出会うことすら困難な超高位な存在になるから、カウントする必要はないと思う」

「な、なるほど。じゃあ、魔物が私に魅了をかけている可能性が高いのね。ええと、ということは、Aランクとか B ランクとかの魔物なのかしら？」

魔物は討伐が難しい順にA、B、C……とランク分けされている。

ルイスが高位の魔物というくらいだからAランクかBランクかなと思って尋ねてみたのだけれど、ルイスが答えるよりも早く、兄が口を差し挟んできた。

「いや、ルチアーナ。お前を魅了しているモノは、魔物ではないだろう」

「へ？」

「お前に『魅了』の魔術をかけているのは、恐らく『コンラート』だ」
コ、コンちゃんが！
いや、うん、薄々そうじゃないかとは思っていたけれど。

突然出てきた名前に不思議そうに瞬きをするルイスに向かって、兄が説明を始める。

「私とルチアーナにはコンラートという名前の弟がいたが、9年前に亡くなっている。その後、ルチアーナは四足獣を侯爵邸で飼い始めたが、この獣が昨日になって突然、人間の姿に変わった。亡き弟とそっくりの色合いの人間にな」

「……えっ！　獣が人間の姿に変わった!?」

ルイスは衝撃を受けたように、兄の言葉を繰り返した。

兄はルイスの視線を受け止めると、肯定の印に頷く。

「そうだ。だが、最も問題なのは、私たちには昨日初めて人間に見えた『コンラート』が、ルチアーナにはずっと人間の姿に見えていて、亡くなった実の弟だと思い込んでいることだ。そのため、妹に術をかけたのは『コンラート』だと思われる。若《も》しくは、『コンラート』を操っているモノがいるとしたら、その何者かだ」

「なるほど」

兄の言葉を聞いたルイスは、考え込むかのように片手を口元に当てた。

そんなルイスから視線を外すことなく、兄は言葉を続ける。

「『コンラート』からは昨日も含め、今までに1度も魔物の気配を感じたことはない。『コンラート』自体が、あるいは、その背後にあるモノが魔物である可能性は薄いだろう。私がその気配を見逃すはずはないからな」

そこまで話を聞いたルイスは、信じられないといった様子で軽く頭を振った。

「サフィア殿、あなたの話が全て事実だとするならば、ルチアーナ嬢に魔術をかけたのは……超高位者だ。ほとんどおとぎ話の世界にしか存在しない。たとえば、『世界樹の魔法使い《ユグドラシル》』だとか、そのレベルだよ」

『世界樹《ユグドラシル》の魔法使い』――最近聞いた単語の再登場に、兄がぴくりと頬を引きつらせる。

けれど、ルイスはそんな兄の変化に気付かなかったようで、言葉を続けた。

「魅了の力の大きさは、術者の魔力×思いの強さだ。そして、目的は一つ、望み通りに相手を動かすことだ。『コンラート』は、君に何をさせたいのだろうね？」

それから、ルイスは大きなため息をつく。

「内容が大きすぎて、僕の手には負えないな。僕には兄がいて、王国魔術師団に勤務しているから、よければ兄に尋ねてみようと思うのだけどいいかな？」

ルイスは慎重にも、自分の兄に情報を開示してよいか尋ねてきた。

……ええと、これはどうしたものかしら？

ルイスはさらりと紹介したけれど、彼の兄というのは王国の超高位の職位者だ。

わが国には三つの魔術師団があり、そのうちの一つである陸上魔術師団の師団長がルイスの兄にあたるからだ。

つまり、王国中の優秀な魔術師が属している魔術師団の中でも、たった3名しかなれない師団長の1人ということだ。

加えて、国の組織である魔術師団のトップに話した情報は、国が把握する情報と同義になることは間違いない。つまり……。

私は魅了の魔術をかけられていて。

術者は私の弟に擬態している『コンラート』、もしくは『コンラート』を操っている何者かで。

そして、その術者はきっと、おとぎ話にしか出てこないような超上位の存在である。

……うーん、この話を外に漏らしても、大丈夫なのだろうか？

正解が分からず迷っていると、代わりに兄が返事をした。

「陸上魔術師団長に相談してもらえるなど、願ってもない話だ。この件で最悪のシナリオは、ルチアーナの魅了が解けないことだ。妹の状態異常を回復するためなら、それ以外のリスクは全て受け入れよう」

兄らしい、思い切りのいい判断だった。

◇　◇　◇

兄とルイスと別れた後、私は1人で教室に戻った。

ルイスは自分の兄に相談してくれると言ったけれど、相手は王宮の魔術師団長だ。

ものすごく忙しいため、返事が戻ってくるまで数週間程度かかるのじゃあないだろうか。

いくらサフィアお兄様が、コンラートは危険ではないと言っていたとしても、そんなに何週間も放置できるものなのかしらと心配になる。

……まあ、そうは言っても、私が焦ってもできることはないわよねと、とりあえず目の前の授業を真面目に受けることにする。

正直に言って、学園の授業に前世の知識はほぼほぼ役に立たなかった。辛うじて数学くらいだろうか。

なんせ授業科目が、王国共通語、王国古語、数学、音楽、天文学、魔法理論、魔法実践……なんて感じなのだから。

前世の記憶を取り戻すまでのルチアーナは、勉学をさぼりにさぼっていたので、突然頑張ろうと思っても、基礎知識がなさすぎてちっとも授業内容が分からない。

……ま、まずいわ。

一生懸命聞いているのに、全く理解できないってことがあるのね。

というか、ここまで分からないのは問題じゃあないかしら？

そ、そうだ。この世界って、塾はあるのかしら？　いや、塾ではなくて、家庭教師というやつかしら？

そう言えば、ルチアーナには学園に通うまで家庭教師がいたような……。

そこまで考えた私は、週末だけでも家庭教師制度を復活してもらえないかしらと思い付く。

それくらい抜本的に改善しないと、授業は分からないままだと思ったからだ。

なぜならもはや、分からないところが分からないレベルで、私１人でどうにかなりそうな感じではないのだから。

時には他の人の手を借りることも必要よねと考えながら、授業に出てきた分からない単語やフレーズをノートに書き留めていく。

……やばい。分からないシリーズのページだけで2ページも費やしたのだけど。

これ、本当に他の生徒は分かっているのかしら？

だとしたら、ここにいる人たちって、誰もかれもがエリートだわ！

（※注：リリウム魔術学園は王国一のエリート校です）

――その日の下校時間、私の全身はぐったりとした疲労感に包まれていた。

ああ、授業を真面目に受けると、こんなに疲れるものなのね。

と、とりあえず、寮に戻ってゆっくりしよう。それから、復習だわ。

帰り支度を始めていると、廊下の辺りが騒がしくなった。

……何ごとかしら？

聞こえてくるのは女生徒の歓声だったため、不思議に思い首を傾げる。

今までの経験に照らし合わせると、こんな風に騒ぎが起こる時はいつだって、その中心にエルネスト王太子がいたものだけど、でも、王太子は教室にいるわよね？

そう訝しく思っている間に、どんどんと騒がしさは近付いてきて、……気付いた時には、教室の入り口にラカーシュが立っていた。

あれ、ラカーシュはしばらく領地に戻るため、何日か学園を休むと思っていたけれど？

他ならぬ本人がそう言っていたわよね、と記憶を辿りながら見つめると、彼が着用している服が制服でないことに気付く。

ラカーシュが着用していたのは洒落《しゃれ》た感じのグレーの私服で、襟や袖口にある銀色の刺繍《ししゅう》がきらきらと輝き、彼の外見の良さを引き立てていた。

……ラカーシュの私服！　なるほど。これが女生徒たちを興奮させ、騒がせていた原因ね。

そう納得しながらも一方では、なぜラカーシュは教室に来たのかしらと訝しく思う。

私服を着用しているということは、たった今、領地から戻って来たのだろう。

だとしたら、寮の部屋でゆっくりしていればいいのに、どうしてわざわざ学園に出てきたのかしら？

その時、視界の端で、エルネスト王太子が嬉しそうに微笑んだのが見えた。

……ああ、なるほど。王太子に会いに来たのね。

互いに名前で呼び合うし、クラスが違うのに休み時間はよく一緒にいるし、本当に仲がよろしいことだわ。

私は騒がしさの原因が分かったことで安心し、帰り支度の続きに戻った。

だから、――――その時の私は、教室の入り口に背を向けた形になっていたので気付かなかったのだけど、その後の行動から想像するに、どうやらラカーシュはそのまま教室の中に入ってきたようだった。

そして、その直後、その日最大の、ちょっとした騒動が起こった。

なぜなら、いつものように2年Aクラスを訪問したラカーシュが、自分への用事だろうと当然のように待ち構えていた王太子の前を素通りしたのだから。

ラカーシュの想定外の行動に、王太子が驚いて目を見開く。

王太子とラカーシュが寄り添い、会話を交わす様子を見ることを楽しみにしていた女生徒たちも、驚いたように口元を手で押さえる。

そして、誰もが驚いてラカーシュを眺める中、あろうことか彼は、1人の女生徒の前で立ち止まると、彼女を名前で呼んだのだ。

「ルチアーナ嬢」

――――一瞬の静寂の後。

「「「きゃ――――!!!」」」

教室中に大勢の女生徒の叫び声が響いた。

◇　◇　◇

突然、身近で上がった叫び声に、私は驚いて声を上げた。

「きゃあ！」

そして、何事かと辺りを見回そうとした時、目の前にラカーシュが立っていることに気付く。

ラカーシュは私と視線が合うと、はにかんだように小さく微笑んだ。

それを見た女生徒たちから、再度の叫び声が上がる。

「きゃ———‼　ラ、ラ、ラ、ラカーシュ様がルチアーナ様のお名前をお呼びになりましたわ‼」

「ラ、ラ、ラ、ラカーシュ様がルチアーナ様を見て、微笑まれましたわ‼」

「そんな、そんな、そんな！　『彫像』様が、『彫像』様が、殿下以外に無表情を崩されるなんて‼」

えらい言われようだが、どれもが女生徒たちにとって驚くべき事案なのは間違いない。

……ほーらね、ラカーシュ。

だから、私が忠告したじゃない。

私を名前呼びしたり微笑んだりしたら、私がラカーシュの特別だと皆に勘違いされるわよって。

忠告しても、忠告しても、一切聞き入れようとしなかったラカーシュの頑固さを思い出し、この状況を招いたのはラカーシュ本人だわと、同情しないことにする。

ほら、大変なことになっているわよ。

さあ、この状況をどう収めるつもりかしらと、お手並み拝見とばかりに、黙ってラカーシュを見つめていると、ラカーシュは微笑んだまま口を開いた。

「よかった。君に会いたくて、予定を早めて領地から戻って来たのだけれど、何とか間に合ったようだね」

ラカーシュの言葉を聞いた女生徒たちが、3度目の叫び声を上げる。

けれど、ラカーシュは一切気に留めることなく、嬉しそうに私を見つめていた。

……そ、そうきたか！

私は一瞬にして敗北を悟ると、宇宙人を見るような気持ちでラカーシュを見つめた。

や……、やられたわ！　ラカーシュは周りを一切気にしないタイプなのだ。

きっと彼は、生まれた時から大勢の注目を当たり前のように浴びてきたので、衆目を集めることが常態となっていて、見られることに何の痛痒《つうよう》も感じないのだ。

ああ、自分に自信があるタイプによくあるパターンだわ。このタイプは、誰にどう思われようと、一切気にならないのよね。

まさか、ラカーシュがこのタイプだったなんて。

がくりと項垂《うなだ》れた私だったけれど、大事なことに気付く。

……あれ、そういえば、例の魔物騒動から一晩経ったわけだけど、もしかしてラカーシュの混乱状態は継続中なのかしら？

そして、『ルチアーナ素敵フィルター』がかかりっぱなし？

恐る恐るラカーシュを見つめてみる。

すると、ラカーシュからきらきらとした目で見つめ返された。

信じたくはないけれど、嬉しそうに私を見つめ、「ルチアーナ嬢」と名前で呼んでくるラカーシュは異常状態が継続中に見えた。

「あぁっ！」

そして、私は突然閃いた。

も、も、もしかして！　ラカーシュも『魅了』にかけられているんじゃないのかしら!?

そうよ、そう考えれば、このラカーシュの異常状態も説明がつくじゃない！

まるで天啓のように突然閃いた考えだったけれど、考えれば考える程、そうだとしか思えなくなる。

そうか、そうなのね。

私1人だけが滅多にない魔術をかけられていたのだと思っていたけれど、仲間がいたのね。

私は優しい気持ちになると、『魅了』にかけられた先輩として、後輩であるラカーシュを導くことにした。

手に持っていた教科書を机の上に置くと、正面からラカーシュを見つめ、にっこりと微笑む。

「ラカーシュ様、安心してください。私には、あなたの状態が理解できます。相手の全てが素晴らしく見えて、もうどうしようもなく夢中になっているんですよね？」

コンラートのことを思い出しながら、私はラカーシュに同調しようと努める。

分かる、分かるわよ、ラカーシュ。

コンちゃんはおかしな笑い方をするし、言動は風変わりなんだけど、そこが可愛いと思ってしまうのよね。

他の相手であればマイナスポイントになる部分が、コンちゃんの場合は全てプラスポイントになってしまうんだから、どうしようもないわ。完全に魅せられているのよね。

「その通りだ、ルチアーナ嬢。昨日からずっと、私は君のことしか考えられない」

ラカーシュは私を見つめると、うっすらと頬を赤らめた。

どうやら、突然の仲間の出現に喜んでいるようだ。

私はさらに調子を合わせるため、勢い込んでラカーシュの言葉に返事をする。

「まあ、それは私よりも重症ですね！　ただ、これぱっかりは、医師にも回復師にもどうしようもないので……」

「分かっている。この病を何とかできるのは、君だけだ」

「へ？　よ、よく分かりましたね」

ラカーシュの言葉を聞いた私は、驚いて声を上げた。

私が魅了の解除方法を探っていて、王国内でも1番詳しそうな魔術師団長に問い合わせ中だって情報を、いつの間にラカーシュは摑んだのかしら？

行動を起こしたのは、つい先ほどだというのに。

さすが公爵家の情報網ってすごいわね！

というか、衆人環視の中なので、ラカーシュは魅了されていると、はっきりと言うことがはばかられ、ぼかした言い方をしていたのだけれど、ラカーシュの口振りだと既にそのことに気付いているようね。

そうでなければ、私の言葉にこれほど的確に返せないもの。

私なんてサフィアお兄様に指摘されるまで全く気付かなかったというのに、自分で魅了の魔術をかけられていると気付くなんて、やっぱりラカーシュは優秀だわ！

感心する私とは裏腹に、聞き耳を立てていた女生徒たちが、断末魔のような悲鳴を上げながら、1人、また1人とぱたぱたと倒れていく。

え、と驚きながらも、そうね、ラカーシュが状態異常の魔術をかけられていると思わなければ、聞きようによっては、ラカーシュが私に夢中であるように聞こえるわよねと納得する。

まあ、ラカーシュが私に夢中なのは確かで、けれど、それは魔術のせいで、そして、そのことをラカーシュも自覚しているのだけれどね。

私の考えを肯定するかのように、ラカーシュが言葉を続けてきた。

「ルチアーナ嬢、私は昨日、君とフリティラリア城の地下室で一緒になった時から、ずっと魅了されたままだ」

「え……」

ラカーシュの優秀すぎる一言に、思わず言葉に詰まる。

す、すごいわ！　ラカーシュったら、魅了されたタイミングまで特定しているわよ。

想像以上のラカーシュの優秀さを目の当たりにし、私は心から感心したのだった。

◇　◇　◇

「ラカーシュ様は優秀なのね……」

思わずつぶやくと、ラカーシュの頬の赤みが増した。

「うっ……」

そんなラカーシュの様子を見ていた私の口から、思わず言葉が零《こぼ》れる。

白皙の美貌にうっすらと紅を差した様子は、何とも言えないほど魅力があったからだ。

ラカーシュの状態異常を知らなければ、彼が嬉しさで紅潮しているように見えることだろう。

そして、どんな理由があるにせよ、元喪女《もじょ》の私からしたら、過ぎたる光景なのは間違いない。

ああ、これほどまでに麗しいラカーシュのご尊顔を間近で見られるなんて、男性との接触があまりにもなさ過ぎた前世を神様が憐れんで、帳尻を合わせようとしてくれているのかもしれない。

思わず見惚《みほ》れた私だったけれど、ラカーシュの麗しさにやられているのは、私だけではなかったようだ。

普段にないラカーシュの様子に、未だ耐えていた数少ない女生徒たちも、「眼福……」とつぶやきながらばたばたと倒れていく。

うわああ、今日のラカーシュの破壊力は物凄いわね。王太子を凌いでいるわ。

そう考えていると、その王太子本人が私たちに向かって近付いてきた。

それから、ラカーシュの肩に手を掛ける。

「ラカーシュ、お前、一体どうしたんだ？」

エルネスト王太子はラカーシュの顔に自分のそれを近付けると、心底理解できないといった風に尋ねてきた。

王太子の訝し気な表情を見て、……確かに、王太子の立場だったら、そう思うだろうなと考える。

ラカーシュはつい数日前まで、私のことを王太子の周りをうろつく邪魔者と思っており、彫像様の本領発揮とばかりに冷たい対応をしていた。

それが、週末を一つ挟んだだけで、当の王太子を無視して私のところへ来るばかりか、次々と執着心溢れる言葉を連ねるご執心ぶりだ。

一体ラカーシュに何が起こったのだろう、と訝しむ王太子の気持ちはよく分かる。

分かるけど、『魅了にかけられましたー』なんて告白は、この衆人環視の中でラカーシュにはできないと思うのだけれど。

私の予想通り、ラカーシュは僅かに目を眇めると、王太子に返事をした。

「どうした、とはどういうことだ？　私はただ、ルチアーナ嬢と会話をしているだけだ。お前こそ、会話をしている途中に割り込むなど、明らかなマナー違反ではないか」

ラカーシュの言葉を聞いた王太子が絶句する。

明らかに今のラカーシュの発言は、心配して近寄ってきた王太子を邪険に扱うものだった。

王太子が驚愕するのは当然だと思う。

……けれどですねえ、王太子。

魅了。魅了状態なのですよ、ラカーシュは。

超レア魔術にかかっており、私が素敵に見えて仕方がないのです。

だから、見逃してやってください。

「ラカーシュ、お前……」

王太子は何事かを言いかけたけれど、聞く耳を持たない表情のラカーシュを見て、言葉を呑み込む。

代わりに王太子は、私を憎々し気に睨みつけてきた。

それは、まるで諸悪の根源である魔女を見つめるような目つきだった。

や、ちょ、これ、完全に私を悪女と思い込んでいる目ですよ！

ラカーシュをたった数日で誑《たぶら》かした、悪い魔女とでも思っている目ですよ！

ちょっと、ニュアンスが違いますからね。

私は悪役令嬢であって、悪女ではありません。そこのところ、正確にお願いします。

そう主張したいのだけれど、ちょっと口にはできないわよね、と思っていると、聞きなれた声が響いた。

「まああ、お兄様！　マナー違反だなんて、怪我をしている妹を置き去りにした人間が、よくも言えますわね！」

突然の朗らかな声に驚いて振り返ると、教室の入り口にラカーシュの妹のセリアが立っていた。

元気そうで良かったわ、と微笑みそうになったけれど、セリアの全身が目に入った途端、私の眉間に皺《しわ》が寄る。

「……え？　セ、セリア様？　どうなさったの……？」

思わず、言葉が零れる。

なぜなら、セリアは片腕に包帯をぐるぐると巻いていて、明らかに怪我をしていたからだ。

◇　◇　◇

声を発した途端、あ、しまったと思う。

私と会話をしていた際に割り込んできた王太子を、ラカーシュは「マナー違反だ」と詰《なじ》ったのだ。

そのルールでいくと、今の状況は完全に、セリアとラカーシュの会話に私が割り込んだ形になる。

ラカーシュから詰られるのは必至だろう。

そう考え、恐る恐る隣に立つラカーシュを見上げると、「セリアの怪我を心配するなんて、ルチアーナ嬢は優しいな」とつぶやかれた。

そのうっとりとした表情を見て、私はぽかんと立ち尽くす。

……すごいわ、魅了状態というのは最強だわ。

ラカーシュの持つ常識ルールでは、私が詰られるところだろうに、詰られないどころか私が素敵に見えてくるなんて。魅了状態は全てを凌駕するとしか思えない。

そう感心していると、セリアが近付いてきて、笑顔で私を見上げた。

「ルチアーナお姉様、1日ぶりですわ。そして、私の怪我を心配してくださって、ありがとうございます！」

あれ、セリアが私のことをお姉様と呼んだわよ、と思ったけれど、セリアの怪我を差し置いてする話題ではないと思い、怪我について尋ねる。

「セリア様、その腕はどうしたんですか？　もしかして、例の……あの時、怪我をしたんですか？」

魔物に襲われたというのは醜聞に属するので、はっきりと口にすることは躊躇われた。

そのため、何を言いたいのか分からないくらいぼかした形になったけど、セリアには通じたようで、首を横に振って否定される。

「いいえ、違いますわ。フリティラリア城の地下室でのお相手が原因ではありません。その、お恥ずかしい話ですが、今朝、朝食用にとお城の庭に生み落としてあった卵を拾いに行ったんです。そうしたら、黒鳥《コクチョウ》に見つかって、くちばしで突《つつ》かれてしまったのです」

セリアは包帯を巻かれた片手を撫でながら、情けなさそうな表情をした。

「ま……あ、黒鳥に。そ、それは、黒鳥はくちばしが大きいから、さぞ痛かったでしょうね」

公爵家のご令嬢が自ら卵を集めたりするのね、と思いながら慰めの言葉を掛けたけれど、ふと気付いたことがあってラカーシュを見やる。

そういえば、ラカーシュは魔物に襲われた時、足がおかしな方向に曲がっていたわよね。

あれは完全に足の骨が折れていたと思うのだけれど、大丈夫だったのかしら？

そう心配したのだけれど、視界に入るラカーシュの立ち姿に不自然なところはなく、包帯などを巻いている様子も見られなかった。

昨日はお客様の手前、怪我が治りきっていなかったとしても、無理をして怪我をしていない振りをしているのだろうなと思っていたけれど、少なくとも今の時点では完全に治っているようだ。

んん？　ラカーシュの骨折を1日、2日で治す優秀な回復師をフリティラリア城は抱えているのに、セリアの怪我は治せないということ？

不思議に思う私の目の前で、セリアは申し訳なさそうな表情をした。

「ルチアーナお姉様、ごめんなさい。領地に戻っている間、危険なことはしないというお約束を守れませんでしたわ」

「へ？」

約束……確かにしたけれど、あれはセリアが魔物に襲われる前の話だ。

しかも、セリアに約束させた『フリティラリア公爵領にいる数日間は、絶対に危ないことはしないこと』というのは、城壁外の森といった、魔物が潜んでいそうな場所に近付かないという意味合いだ。

だから、庭で卵を集めるというのは、結果として鳥から突かれたとしても、『危ないこと』には入らないのじゃないかしら。

そう思ってセリアを見つめていると、段々とセリアの頬が真っ赤になっていく。

え？　どうしたのかしら、と驚いていると、セリアは言いにくそうに口を開いた。

「だから……、だから……、つまり……」

「セリア様？」

なかなか次の言葉が出てこないセリアを助けるかのように、隣からラカーシュが口を出してきた。

「つまり、……セリアは君との約束を履行できなかったので、君が私に近寄らないという約束が無効になるということだ」

「へ??」

ラカーシュは私の片手を取ると、にこりと微笑んだ。

「だからね、君は好きなだけ私に近寄ってもらって構わないということだ」

◇　◇　◇

「いや、それは……！」

私は慌てて反論しようとしたけれど、ラカーシュに軽くいなされる。

「うん、でも君は、セリアが『危ないことはしない』という約束を守ったから、君も約束を守って私に近寄らないと言ったのだろう？」

「うぐっ……」

……ええ、覚えていますよ。

元々はセリアの身の安全を確保するためにした約束だったにもかかわらず、ラカーシュに近付かないという目的を達成するため、約束を逆手にとっておかしな要求を呑ませたということは。

……ええ、同じことをやり返されたということですね。

自業自得という言葉が頭の中に浮かんでくる。

「ルチアーナ嬢、言葉遊びのようなやり方で、強引に私の主張を通すことについては申し訳なく思う。けれど、そうまでしても、君に私を避けてほしくないという気持ちを分かってほしい」

ラカーシュは私の片手を握ったまま、真剣な表情で訴えてきた。

「分かります、分かりますよ」

なぜならラカーシュ、あなたは強力な魅了にかかっているのですからね。

私の側にいたいという強い思いが湧き上がってくるのは、理解しています。

私の言葉を聞いたラカーシュはほっとしたように小さく微笑むと、「ありがとう」とつぶやいた。

「繰り返しで悪いのだが、私は存外役に立つよ。それを君に証明したいと思う」

「もちろん！　ラカーシュ様が有能で優秀なことは理解していますわ」

そう答えると、ラカーシュはやっと握っていた私の片手を解放してくれた。

ほっとして視線を逸らすと、恐ろしい形相で私を睨んでいる王太子と目が合った。

ぎゃあ！　恋敵を見るような目で睨まれていますよ!!

私は思わず飛び上がると、王太子の迫力に押されて数歩後ろに下がる。

た、確かに、これまでの王太子とラカーシュは、まるで恋人同士ででもあるかのように四六時中一緒にいましたけれど、あなた方は恋人ではありませんから！

そして、たぐいまれな2人の友情を私が引き裂いたわけではありませんから!!

確かに悪役令嬢の役割は、主人公とヒーローの恋仲を邪魔することですけど、……百歩譲って王太子がヒーローだったとしても、ヒロイン役はラカーシュではありませんからね!!

私はこれ以上巻き込まれてなるものかと、今度こそ帰ろうとバッグを手に取ったけれど、向きを変えたところではたと足が止まった。

教室の入り口に、どう見てもただ者じゃない人物が立っていたからだ。

その男性は私と目が合うと、確認するように尋ねてきた。

「紫髪に琥珀《こはく》色の瞳だから、あなたがルチアーナ嬢だね？　取り込み中だったようだけど、終わったのかな？」

そう言って目を細める男性は、決して押しつけがましいわけでも、強引なわけでもないのに、威圧するような雰囲気に溢れていた。

一瞬にしてその場の全ての視線を集め、それを当然とする雰囲気が、その男性にはあったのだ。

――その男性は見上げる程に立派な長身をしており、鮮やかな藤色の髪を背中まで伸ばしていた。

眼は切れ長で、長いまつ毛に縁どられた瞳は水宝玉《アクアマリン》のごとくきらきらと輝いている。

年齢は20代後半に思われ、服装から一目で王宮の陸上魔術師団員だと判別できた。

……いや、服装なんて見なくても、彼が誰だか判別できますけどね。

私はその男性と視線を合わせたまま、心の中でそうつぶやいた。

いつの間にか、私は睨むような表情でその男性と目を合わせていた。

目を逸らしたら負けるような気持ちになっていたからだ。

男性はあくまでも穏やかな表情で私と視線を合わせているのだけれど、その表情の下に激しい何かが見え隠れしているように思われ、目を逸らしたら一気に喰いつかれるような気持ちになってい

た。

沈黙したまま見つめ合うその男性と私との時間を破ったのは、エルネスト王太子の一言だった。

「ジョシュア師団長」

そう名前を呼ばれたことで、男性がやっと私から視線を逸らす。

ジョシュア陸上魔術師団長は王太子に向き直ると、臣下の礼を取った。

「ご壮健なようで何よりでございます、王国の若き白百合《リリウム》、王太子殿下」

跪《ひざまず》き、首《こうべ》を垂れるその仕草は流れるように美しく、大人の色香を伴っていた。

隣に立っていたセリアが、思わずというようにほうっとため息を漏らす。

――ええ、美しいですね。美しいはずです。

なぜなら、この世界の素《もと》になった乙女ゲームの舞台は学園であったにもかかわらず、結構な数のゲームプレイヤーが、学園の生徒でもない彼を相手役に選んだくらいなのですから。

ジョシュア・ウィステリア。

ウィステリア公爵家の嫡男にして、王国陸上魔術師団長。

そして、まごうことなきゲームの中の攻略対象者だった。

◇　◇　◇

……分かっていた。

もちろん、ルイスの兄のジョシュア師団長が攻略対象者だということは分かっていた。

けれど、私にかけられた魅了を解くためには、ジョシュア師団長の力が必要なことも分かっていた。

――――先ほど、サフィアお兄様は決断してくれた。

私の魅了を解くことが最優先で、それ以外のリスクは全て受け入れると。

兄のことだ。私の問題だというのに、自分が矢面に立つつもりでいるのだろう。

そのため、全てが終わった時に、兄が無傷ということはないだろう。

比喩的な話だけど、大なり小なり傷を負うか、もしくは、鎖につながれる形になると思う。

国の中枢にいる人物に秘匿《ひとく》情報を打ち明け、力を借りるということは、そういう話なのだ。

なのに、兄は一切迷わなかった。

計算もしなかった。

ただ、無条件に私を選び取ってくれた。

……そんな状態で、断罪が怖いから攻略対象者を避けたい、なんて私が言えるわけがない！

腐っても、私は悪役令嬢なのだ。ここは、迎え撃つしかない。

そう思う気持ちが強すぎて、先ほどジョシュア師団長を睨んでしまったのは、間違った方法だったと今では思う。

別に真っ向勝負で迎え撃つ必要はなかったのだ。

私は気持ちを新たにすると、ぐっとお腹に力を入れた。

王太子と一通りの会話を終えたジョシュア師団長が、私に向き直ったからだ。

「自己紹介をしてもよいかな、ご令嬢。王国陸上魔術師団の師団長を務めている、ジョシュア・ウィステリアだ。弟のルイスよりあなたのことは聞き及んでいる」

そう言うと、師団長は綺麗な所作で一礼した。

……本当に、ジョシュア師団長は一挙手一投足が流れるように美しいわよね。公爵家としての高等教育の賜《たまもの》なのかしら。

そう考えながら、私もお返しにと深く腰をかがめる。

相手は格上の公爵家なので、万が一にも失礼だと思われないよう、できるだけ丁寧な礼を取る。

「お初にお目にかかります、ルチアーナ・ダイアンサスです。お忙しい中ご足労いただきまして、痛み入ります」

それは心からの言葉だった。

前世では社会人を経験している身の上だ。

組織のトップに位置する人間がどれほど忙しいかについて、全く分からないわけではない。

陸上魔術師団のトップであるジョシュア師団長が、分刻みのスケジュールをこなしているだろうことは容易に想像できた。

それなのに、昼にルイスに相談した案件について、その日の夕方には師団長自ら足を運んでくれるなんて、どう考えても破格の対応だ。

私ごとき、王宮に呼びつければいいというのに。

これら一連の動きから、ジョシュア師団長が誠意をもって対応してくれていることは、簡単に理解できた。

そのことについて、心から感謝を覚える。

けれど、……一方では、師団長が自ら、他の全てのスケジュールを返上して私を訪ねてきたことで、それだけの重要案件だと判断したことも見て取れた。

代々強大な魔力を持つウィステリア公爵家の嫡子で、王国陸上魔術師団長の立場にある者だ。

魔術について1、2を争うほど詳しいことは間違いなく、そんなジョシュア師団長が下した決断は、非常に重いと言わざるを得なかった。

そして、そのことを、エルネスト王太子もラカーシュも感じ取っているようだった。

王国の魔術師団長が直接出向くほどの案件で、かつ、師団長が何も口にしないことで秘匿情報に入る部類の案件だということを、2人ともに言われずとも理解しているのだ。

そのため、一切の質問をしてこない。

本当に優秀な2人だわ。

こんな2人が将来、国の中枢にあるのだとしたら、我が国は安泰ね。

そう嬉しく思う私に対して、ジョシュア師団長は片手を差し出してきた。

「ルチアーナ嬢さえよろしければ、『春の庭』を案内してもらえるかな？　弟が言うように、あなたの髪色が咲き初めの藤と同じ色なのかを比べてみたいと思ってね」

そう言うと、茶目っ気を覗かせるようにうっすらと微笑む。

……うーん、すごいわね。

師団長自らが最優先で行動している案件だ。

この『魅了事件』は重要案件で、師団長もそのことを十分理解しているに違いない。

それなのに、周りの目を意識して、すぐにその件を話題にせず、別の話題を差し挟んでくるなんて。

ああ、ジョシュア師団長はサフィアお兄様と同じで、絡め手もできるタイプに違いない。

笑ったり、驚いたり、とぼけたりして、色々な情報を引き出すタイプだろう。

ほほほ、でも、大丈夫。私の兄が正にそのタイプですから、耐性はありますよ。

私、負けないから！

そう意気込むと、私は差し出されたジョシュア師団長の手に自分の手を重ね、エスコートされるままに教室を後にしたのだった。

◇　◇　◇

「ルチアーナ嬢は男性の憧憬を集めるタイプなのだね」

2人で並んで『春の庭』に向かっていたところ、ジョシュア師団長が突然、おかしなことを言い出した。

驚いて振り仰ぐと、師団長は自分の発言内容に納得している様子で小さく頷いている。

「え？　いや、わ、私はそんなタイプでは全くありませんので！」

鋭そうな師団長にしては、ずれた発言だ。

きっとジョシュア師団長は、先ほど、王太子が私に向けた憎々し気な表情を見ていなかったのだろう。

基本的に私は、全ての攻略対象者から嫌われているというのに。

残念ながら、私の周りにいるのは、私の家柄に惹かれる腰ぎんちゃくの男性ばかりだ。

その証拠に、私は1度も男性から告白されたことがない。

学園内のイベントで、パートナーができたことすらない。

私がモテないことは、私が1番知っているのだ。

ほほほ、そうは言っても、モテないことは前世からの引き続き事項ですから、全くもって平気ですけど。

前世の私は喪女を極め過ぎていて、男性から見えない仕様になっていたようで、声を掛けられること自体がレアな出来事だったけれど、今世では挨拶のためだとしても、毎日声をかけられていますからね。

ものすごい進化ですよ。

だから、『男性の憧憬を集めるタイプ』というのは、私を表現する言葉ではありません。見込み違いですね。

そう理路整然と考える私の思考を知らない師団長は、声を上げて笑った。

「ははは、この場合、謙遜は嫌味だよ。あなたが私に手を重ねた時のラカーシュ殿の顔をみたかい？　あの鉄面皮が……いいかい？　私は非常に的確に表現していると思うのだが、あの何事にも表情を変えない鉄面皮が、誰が見ても分かるほどに切なそうな表情をしたのだ。いやー、やっぱり長生きはするものだね。思ってもみないものが見られる」

……そこは確かに的確ですけど、ラカーシュは唯一の例外ですよ。

なぜなら、強力な魔術にかけられていて、私が素敵に見えているだけですからね。

そう思ったけれど、多くの人が行き交う廊下で、魅了について指摘することは躊躇われた。

師団長が「春の庭」に向かっているのは、人がいないところで秘匿度が高い話をするためで、人払いの意味があるのだろうと気付いたからだ。

そのため、核心に触れない、当たり障《さわ》りのない返事をする。

「ええと、ジョシュア師団長はまだ20代ですよね？　長生きをするという表現は、年齢にそぐわないと思うのですが」

「私はもう27だ。あなたのような学生に対しては、年寄りぶっても許されるだろう。それに、長年、魔術師団に所属しているため、1度や2度は死にそうな目に遭《あ》っている。死を身近に感じた経験があると、少しでも楽しいことがあれば、生きていて良かったなと、つい思ってしまうものなのだよ」

「それは……」

穏やかそうな口調とは正反対に、話している内容はヘビーだ。

師団長はさらりと口にしているけれど、きっと物凄く苦労しているんだわと思い、つい情けない表情になってしまう。

すると、師団長は子どもを相手にするかのように、ぽんと私の頭を叩いた。

「うん、私が言っている意味は分からなくていいことだ。私を含めた魔術師団は、私が口にした心情を理解できない者を多く作るために存在しているのだからね」

「ジョシュア師団長……！」

さらりとした発言の中に、陸上魔術師団トップとしての覚悟を見たような気持ちになり、思わず感心したような声が出たけれど、ジョシュア師団長は雰囲気を変えるかのように楽し気な表情を作った。

「いいかい、ルチアーナ嬢。学生というのは大事な時期だ。この多感な時期に抱いた様々な感情が、その人物を形作る。社会に出ると、色んな人がいるからね。この学園のように、全員のレベルが高くて、同じような環境の者のみが集まる機会は二度とないだろう。学園の生徒たちとできるだけ多く関わり、多くの時間を持つことが、最終的にはあなたの財産になると思うよ」

それから、師団長はいたずらっぽく微笑んだ。

「子どもでいられる最後の時間でもあるのだから、存分に楽しむことも忘れずにね」

きちんと私を見て話をしてくれるジョシュア師団長を前に、私は素直に素敵だなと思った。

……師団長は立派な大人だわ。

王国でもトップクラスの高職位者が、私みたいな物の数にも入らない学生を相手に、きちんと対応してくれるなんて、通常ではあり得ないことだ。

それなのに、師団長は真面目に私のことを考え、ためになる話をしてくれる。

前世では1度社会に出た経験があるので、『学生の時間は貴重だ』と教えてくれようとする師団長の言葉の大切さがよく理解できた。

……本当に、人間としてご立派な方だわ。

そう感心している間に、「春の庭」に到着した。

まあ、相変わらず藤の花が見事ねと思いながら、ぐるりと辺りを見回した私は、目の前の光景が信じられず、ぱちぱちと瞬きを繰り返した。

なぜなら、どういうわけかその場にサフィアお兄様がいたからだ。

我が物顔でベンチに座り、藤の花を見上げている。

……あれ？　お兄様には花を愛でる習慣があったのかしら？

ジョシュア師団長が突然学園に現れたのは、つい今しがただ。

学年が異なる兄にそのことはまだ伝わっていないはずだし、私たちがこの場所に来ることを見越して先回りすることは不可能だ。

だから、兄がこの場にいるのは偶然なのだろう。

それにしても、すごい偶然だわねと考える私の隣で、ジョシュア師団長は呆れたようなため息を漏らした。

「サフィア、相変わらずお前は、嫌になるくらい優秀だな。お前を出し抜くつもりで、完璧に魔力を隠蔽《いんぺい》していたというのに、……一体どうやって、私の到着が分かったんだ？」

「やあ、もちろん分かりませんよ。私はたまたま花を愛でに来ていただけですから。そうしたら、偶然にも師団長閣下がいらっしゃったというわけです」

「お前……よくもそう、ぬけぬけと嘘をつけるな！　まず、お前に花を愛でる習慣などない。次に、お前の行動にはいつだって、きちんとした理論と裏付けがあることは立証済みだ。たまたまということは、お前にだけはあり得ない。それから、その気味の悪い口調は止めろ。お前に馬鹿丁寧にしゃべられると、馬鹿にされている気にしかならない！」

兄を相手にした途端、ジョシュア師団長の言動ががらりと変わった。

余裕のある大人ぶった態度は鳴りを潜め、どういうわけか、兄の方が年上に見えるくらいの幼い態度に変化する。

対する兄は、普段通りのとぼけた口調で言葉を紡いでいた。

「いやー、久しぶりに会ったというのに、酷い言われようだな」

傷付いたような表情で、ぽつりと言葉を零した兄だったけれど。

私も、……きっとジョシュア師団長も、兄のこの表情が演技だということを分かっていた。

◇　◇　◇

丁度その時、ルイスも「春の庭」に足を踏み入れたようで、漏れ聞こえてきたサフィアお兄様とジョシュア師団長の会話に驚いたような声を上げた。

「え、兄上とサフィア殿はお知り合いだったの!?」

ルイスの言葉にジョシュア師団長が顔をしかめる。

「お知り合い……。そんな言葉じゃあ、片付かないだろう。『高位の者であるほど、より多くの義務を課されるべきだ』との王国規範に基づいて、13になったばかりのサフィアを魔術師団で預かりはしたが……、私は凡人魔術師だということを痛感させられた3年間だった」

ジョシュア師団長の言葉を聞いたルイスは、全く意味が分からないといった様子で大きな目をぱちぱちと瞬《またた》かせた。

「はい？　何を言っているの？　兄上は誰も成しえない程の好成績を残したから、史上最年少で魔術師団長の席についたのでしょう？　誰もが兄上は天才だって言っているよ」

ジョシュア師団長はおかしくもなさそうに唇を歪める。

「事実とはだいぶ違うが、……そうだな、確かに、私は魔術の常識が覆される現場に居合わせた。そして、不本意なことにそれは私の功績となり、その際の異常なまでの昇進具合から師団長にまでなれたのだが……」

ジョシュア師団長は何事か含みを持たせ、わざとらしいほどに兄を見つめていたけれど、兄は知らない振りを決め込んでいた。

そのため、ジョシュア師団長は諦めたように小さくため息をつくと、ルイスに向かって皮肉気に微笑んだ。

「……悪いな、ルイス。この辺りの情報は、かなり広範囲に秘匿義務が課せられていて、話せる部分がほとんどない」

「う、うん。もちろん兄上の任務はいつだって重大なもので、秘匿情報に関わるものが多いのは分かっているから」

「そうか。だが、私にかかっている秘匿義務というのは、突き詰めてしまえば、ある1人の人物に関することなのだが。……なあ、サフィア？」

ジョシュア師団長からじろりと睨《ね》め付けられた兄は、大袈裟に肩をすくめていた。

「やあ、もしかして私は今、足抜け禁止の軍を何度か抜け出して、領地に戻ったことを責められているのか？」

「サフィア！　お前はほんっとに、そのとぼけ具合をいい加減にしろよ？　ああ、もういい！　そうだな、軍からあんなに自由に抜け出したり、戻ったりする者なんて、私の長い軍生活を振り返ってみても、お前の他にはいないわ！　私が何度お前の不在を上官にごまかしたと思っている！　お前のせいで、私は禿《は》げる寸前までいったぞ！」

「いやー、あの程度の個人行動くらいで、禿げると脅《おど》かされてもなあ。それに、10年程度の軍生活を長いと表現されるのもなあ。師団長殿は相変わらず、物言いが大袈裟だ」

「サフィア!!」

大声で怒鳴るジョシュア師団長を見て、ルイスは目をぱちくりとしていた。

「あ、兄上が怒鳴るなんて……。兄上とサフィア殿は、本当に仲が良いんだね。……要するに、兄上とサフィア殿は何年もの間、魔術師団で共に働いていたことがあったってことだよね？」

「『共に働いた』！　すごいな、言葉ってのは、真実の一片だって伝えないものだと、改めて感じさせられたぞ!!　私はただただ、サフィア、お前に振り回されるだけの日々だったというのに!!」

「やあ、本当に師団長殿は物言いが大袈裟だ」

興奮するジョシュア師団長と呆れたように肩をすくめる兄を見て、思ってもみなかった組み合わせだけれど、仲がいいのねと意外に思う。

……というか、兄は非常に個性的で、付き合う相手としては滅多に選ばれないように思われるのだけれど、実際には、兄と合わないという人をほとんど見たことがない。

何だろう。ちょっとした個性の強さだったら好悪が分かれるものだけれど、卓越した個性の場合、誰もが諦めてしまい、その相手に合わせ出す傾向があるのだろうか。

徹頭徹尾兄の文句を言い続けているジョシュア師団長だけれど、決して兄を嫌いなようには見えない。

不思議に思い、こてりと首を傾げていると、兄と目が合った。

すると、兄はちょいちょいと私を手招きしてきた。

招かれるまま近付くと、兄は私の背中に手をあて、紹介するかのように師団長に向き直らせる。

「やあ、師団長にご足労いただいた理由は妹でして」

兄の言葉にはっとしたように私を見つめるジョシュア師団長に対し、兄は流れるように言葉を続けた。

「妹のルチアーナが『魅了』を掛けられており、ご丁寧にその印まで入れられている。……何とかしてもらえないだろうか、閣下？」

そう言いながらにこりと微笑んだサフィアお兄様は、――――誰の目にも、私の案件をジョシュア師団長に丸投げしようとしているように見えた。

◇　◇　◇

ジョシュア師団長は慎重そうな表情で兄を見返した。

「……これまでの経験に照らし合わせて考えると、お前が私に何事かを一任しようとした時は、5割の確率でお前が手を出さない方がいい、含みのある案件だった。そして、残りの5割は、お前が絶対にやりたくないと思うような、ただただ面倒くさい案件だった。サフィア、どちらだとしても、私に損しかないぞ！」

不満気な表情で口を開いた師団長に対し、兄は真面目腐った顔で答えていた。

「いやーあ、行動をする際に損得で考えるようになっては人間おしまいだ。師団長ともあろう方がそのような考えであるのならば、改められますよう」

「くっ、サフィア、本当にお前という奴は……！」

悔し気に言いさしたジョシュア師団長だったけれど、頭を大きく一振りすると、気を取り直したように私に向き直り、体を屈めてきた。

「ルチアーナ嬢、甚《はなは》だ失礼な行為に思われるだろうが、私を医師だとでも思って、瞳を覗き込む許可をいただけるだろうか？」

どうやらジョシュア師団長は、兄の相手をしていても埒《らち》が明かないことに気付き、本題に入ることにしたようだ。

「え、ええ、もちろんですわ」

私はまっすぐ師団長を見つめると、こくこくと頷いた。

「では、失礼する」

師団長は私の前に片膝をつくと、片手を私の頬に当て、瞳を覗き込んできた。

「…………」

師団長の長い髪が、風に吹かれてふわりとなびく。

そのことにより、師団長の藤色の髪が、背景に広がる一面の藤の花に同化したかのような、幻想的な光景が広がった。

……ふわあ、破壊力！　藤の花に同化する師団長の美しさって、半端ないわね！

師団長は立派な大人だし、色気だって自然にだだ漏れている。

このような状況に陥った場合、世の女性たちはどうやって耐えているのかしら!?

焦って瞬きをしそうになったけれど、だめだめ、私は今、瞳を覗き込まれているのだから、師団長の邪魔をしてはいけないわと思い、目に力を入れて瞬きをしないように努める。

すると、当然の帰結として、私の前に跪いていたジョシュア師団長の顔が、視界一杯に入り込んできた。

……し、真剣。ジョシュア師団長、真剣だわ。

だから言えない。

跪かれて瞳を覗き込まれるなんてシチュエーションは、元喪女にはハードルが高すぎて、息をするのも難しいですなんて。

ええ、そんな浮ついたような言葉は一切口に出せない雰囲気だから、表情に出すこともなく我慢します。

「……………これは……」

当然のことながら、そんな私の心の声が一切聞こえなかったジョシュア師団長は、たっぷりと時間を取った後にかすれたような声を出した。

表情はあくまで真剣で、先ほど兄とやり取りをしていた際の砕けた雰囲気は一切ない。

「…………『四星《よつぼし》』、の……」

そのまま、それ以上は声が出ないという様子で師団長が言いさす。

それから、師団長はごくりと唾を飲み込むと、片手で顔の下半分を覆った。

「サフィア、お前、これは…………」

けれど、その言葉も続かず、ジョシュア師団長はかすれた声を出した。

「ル……、ルイス、オーバンを呼べ！　いや……、やはり…………」

けれど、またしても最後まで続けることができずに、途中で言い淀む。

そんなジョシュア師団長を黙って待っていた兄だったけれど、しばらく待っても結論を出せない師団長を見て、誰にともなくぽつりとつぶやいた。

「オーバン殿を呼んで、確定させる。……なるほど。それも、選択肢の一つではあるな」

……「オーバン」。

ジョシュア師団長と兄が口にした名前に、私は聞き覚えがあった。

――オーバン・ウィステリア。

ウィステリア公爵家の次男――ジョシュア師団長（長男）とルイス（三男）の間に生まれた、王国国立図書館の副館長を務めている男性のことだ。

まるで独り言のような兄の言葉だったけれど、その言葉を聞いたジョシュア師団長は、何かを思い出すかのように目を眇めた。

「……サフィア、お前はお前の意見を述べるべきだ。考えてみれば、お前がルイスを通して呼び寄せたのは私だけだ。何事にも用意周到なお前が、必要な人間を呼び忘れるはずがない。つまり、お前は私を呼び寄せようと思った際、オーバンを呼ぶ必要はないと、……このことを確定すべきではないと考えていたのだろう？　……多分、お前には私より多くのものが見えている。だとしたら、今この場では、お前の判断が最良なのだろう」

けれど、兄は師団長の言葉を否定するかのように肩をすくめた。

「ジョシュア師団長、それは買い被りというものだ。全体像の大きさからすると、私の見えている範囲は師団長のそれとほとんど変わらない。師団長の経験の豊富さを考えれば、その経験に基づく直感で、十分に埋められる差異だろう」

兄はそんな風に、ジョシュア師団長の肩を持つかのような言葉を重ねたけれど、師団長は納得していない様子で兄を見つめただけだった。

「……それでもきっと、お前の判断が最良だ、サフィア」

◇　◇　◇

サフィアお兄様とジョシュア師団長の会話を黙って聞いていたけれど、意味が分からな過ぎた。

2人が何の話をしているのか理解できなくて首を傾げていると、同じように首を傾げているルイスと目が合う。

『お互いに言葉が足りない兄を持つと、苦労するわよねー』

そんな意味を込め、同じ被害者同士のつもりで微笑みかけると、「兄上とサフィア殿は、凡人が理解できない高みの話をされていて、かっこいいなあ」と返された。

……えっ？　そういう発想なの？

驚いてルイスを見ると、きらきらとした目で見返される。

うっ、眩《まぶ》しい！　ルイスのきらきらな瞳が眩しいわ！

ああ、私がとっくに失くしてしまった、ピュアなものを持ち続けているルイスが眩しすぎるのだけれど！

そう思い、目を瞬かせていると、サフィアお兄様が私の頭に手を乗せてきた。

「ルチアーナ、これから説明することをよく聞くんだ。そして、どうしたいのかをお前が判断しろ」

「えっ？　わ、私がですか？」

驚いて聞き返すと、兄は肯定するかのように頷いた。

「ああ、私と師団長殿は、自分たちが最善だと考える結論を確認した。が、当事者はお前だ。私たちが決めて良いことではない」

兄の言葉を聞いて、ほっと安心する。

……王国の陸上魔術師団長が、直接出向いてくるような案件だ。

ことは個人の問題を超えており、国家単位で考慮すべき問題に違いない。……そう思っていた。

だから、サフィアお兄様のアドバイスの下、ジョシュア師団長がどのような結論を出したとしても、従うしかないのだと覚悟していたのだけれど、私に選択権があると兄は言う。

これはとってもありがたいことだわと、私は正面から兄を見つめた。

「お兄様、私に選ばせてくださってありがとうございます。ただ、理解が悪くて申し訳ないのですが、横で聞いていても、お兄様たちが何を言われているのかがさっぱり理解できませんでした」

「ああ、そうかもしれないな」

そう言うと、兄は考えるかのように片手を顎に添えた。

「ルチアーナ、お前は何者かに魅了されている。そして、その術者は執着心も露なことに、お前の瞳にわざわざ印を入れた。印を読み解かれ、何者であるかを特定されるリスクを恐れることなく」

兄は私が理解しやすいようにと、既に知っている話から始めてくれた。

「お前の瞳に刻まれた印を確認した際、『星』をかたどった印のように私には見えた。だとしたら、……第一級禁書である『開闢記《かいびやくき》』に記されている、『四星』という存在の可能性が高い」

「よつぼし？」

初めて聞いた単語に首を傾げる。

そう言えば、先ほど兄と師団長の話を聞いていた際も、この『四星』という単語が出た辺りから、さっぱり意味が分からなくなったのだ。

「………『開闢記』に記されている存在と関わりがあるとしたら、大変なことだ。『四星』は、我々と全く別のカテゴリーに属している。そのため、『四星』が私たちと関わろうとした時、どのような甚大な損害を被るか、あるいは莫大な利益を与えられるかは、一切不明だ。『四星』と関わりがあると国に知られたならば、お前は国から幾つもの鎖をはめられるだろう……もちろん、これは比喩だがな」

「え、ええ……」

先ほど、私も同じようなことを考えたなと思いながら、兄の言葉に頷く。

私は兄が鎖に繋がれることを心配したけれど、兄は私が鎖に繋がれる恐れがあると言う。

互いに相手を心配しているわね、と思いながら話の続きに耳を傾ける。

「だが、一方では、国に認知されることで、その庇護を得られるのも確かだ。お前は幾ばくかの自由を手放す代わりに、国からの守護を与えられる。さて、どちらがお前にとって望ましいのか？」

そこで兄は一旦話を切った。

どうやらこの非常にざっくりとした話で、二つの選択肢を提示したつもりらしい。

一つは、私が『四星』に魅了されていると国に認知されることで、自由を制限される代わりに、国から守護を得る選択。

もう一つは、国には何も報告せず、自分で自分の身を守る選択。

分かり易い説明ではあったけれど、兄にしては少し説明が足りていないな、と思ったところで、もしかしたらこれ以上は兄も知らないのかもしれないと思い当たる。

そしてふと、私が『世界樹《ユグドラシル》の魔法使い』ではないかと、以前兄から確認された時のやり取りを思い出した。

あの時は、私の知っているゲームの中にそんな設定は一切ないと、取り合うこともなかったけれど、そもそもあの時ですら、兄は詳しく説明しなかった。

『開闢記』に記載されている話なので、詳しい話は不明なのだろうと思っていたけれど、今回も同様なのかもしれない。

そう考える私の前で、兄は再び口を開いた。

「ジョシュア師団長にはルイス殿の他にもう1人、オーバン殿という弟君がいる。そして、オーバン殿は王国国立図書館の副館長をしている」

「え、ええ」

突然の話の転換のように思われたため、思わずぱちぱちと瞬きをする。

――オーバン・ウィステリア副館長ですね。もちろん、知っていますよ。

「王国国立図書館は他と異なり、多くの禁書が収められている。禁書を読むことができるのはもちろん、そこに書かれている内容を口にできるのも図書館員のみだが、特に……第一級禁書に指定されている書物については、館長もしくは副館長しか扱えない。なぜなら、口に出すことで言葉は形を持つからだ。万が一にも誤解を招いてはいけない内容のため、そのことについて発言できる者は、この国でたった2人しかいない。……そのため、『開闢記』に関連する何事かを確定する時には、この2人のうちのどちらかの発言が必要になる」

「な、何て大仰な……」

思わず言葉が零れたけれど、考えてみたらそんなものかもしれない。

『開闢記』には、世界の始まりから終わりまでが記されているという。

そこに記載されている内容が重要なものであることは間違いない。

そして、大体においてそのような書物は、受け取り方によって、どうとでも解釈できる表現が使用されているのだ。

誤った解釈が伝わった結果、人々が不安に陥る恐れは十分ある。

だからこそ、慎重に慎重を重ねたうえで取り扱うというのは、正しいのだろう。

言われてみれば確かに、先日、兄が『世界樹《ユグドラシル》の魔法使い』の話をした時も、噂話レベルの内容でしかなかった……。

そう考えたところで、ああ、そういうことかとこれまでの兄の行動が腑に落ちた。

――兄の説明が少なかったのは、知らなかったのではなく、口にできなかったからに違いない。

ルールを守ろうとする兄の態度は理解できるけれど、今さらではないだろうか。

ジョシュア師団長やルイスを巻き込んでいるし、兄自身も鎖に繋がれるかもしれない大きなリスクを負っているのだから。

そう思い、私はじとりと兄を見つめたのだった。

◇　◇　◇

「やあ、ルチアーナ。懇切丁寧に説明をしている兄に対して、その視線はどうなのだ？　それが感謝に満ち溢れた眼差しだとするならば、お前の表情と心情は一致していないぞ」

私の視線に気付いた兄が、親切ぶった表情で指摘してきた。

そのため、私はにこりと微笑んで言葉を返す。

「的確ですわ、お兄様。私は今、お兄様は一体何を知っていて、何を隠しているのかしら、と疑いの目を向けていますの」

「これはまたストレートな物言いだな。分かりやすいので、嫌いではないが」

そう言うと、兄は考え込むかのように腕を組んだ。

……けれど、そのような表情で腕を組む時は、だいたいにおいて兄が演技をする場合だ。

「ジョシュア師団長」

「…………………………………なんだ？」

そして、名前を呼ばれた師団長が返事をするまでにたっぷりと間を取ったことから、師団長もそのことに気付いていると思われた。

「この間、私は師団長から最上のワ、イ、ン、が、あ、る、の、で、味、見、に、こ、な、い、か、と誘われたと記憶しているのだが？」

「……お前の言う『この間』が、3年程前のことを指すのなら、その通りだ」

「では、今晩にでもお相伴《しょうばん》にあずかることにしよう。いいな、ルチアーナ？」

兄からの突然のウィステリア公爵家訪問の提案に、私はぱちぱちと目を瞬かせた。

……へ？　と、突然、どうしたんですか？

それに、今日はまだ、月の曜日ですよ？

基本的に……先日の、前世を思い出して倒れたような時は例外として……平日は誰もが学園内の寮で暮らし、敷地から一歩も出ないものだと思っていましたけれど。

それなのに、寮から抜け出して公爵家を訪問しようだなんて、相変わらずお兄様は思考が柔軟と言うか自由ですね。

お兄様みたいな融通が利くタイプが、物事をどんどん動かしていくのでしょうね。

そう考える私の視界の先で、ジョシュア師団長が驚いたような声を上げた。

「サフィア、お前は本当に人使いが荒いな！　こんな、ほとんど何の暗示もない状況で、オーバンを呼びつけろとお前が示唆《しさ》していることなんて、誰も気付かないぞ！　以前から言っていることだが、自分に基準を合わせるな!!　世の中の平均は、お前が思っているところよりも、ずっと低いところにあるんだからな！」

「ふむ、師団長殿の発言は意味不明だな。師団長がそのことを口にしている時点で、オーバン殿を呼び寄せる役割が振られたことに、気付いているということではないか。そして、師団長が気付いたのは、私が的確に示唆したか、師団長が私を好きすぎて、示唆などなくても私のちょっとした表情や仕草から希望を読み取ったかのどちらかではないか。……誰も気付かないと師団長自身が明言した時点で、後者なのか？」

兄の言葉の最後の方は、独り言のような響きを帯びていたけれど。

……けれど、兄の言葉を聞いた師団長は、ぴたりと動作を停止した。

それから、停止したままの状態で、口だけを動かす。

「…………………なるほど。どうやら私が間違っていたようだ。お前の示唆が的確だったように思えてきたぞ」

「分かっていただけたようで何よりだ。師団長殿、私は案外、優秀なのだよ」

「くっ、サフィア！　お前は本当に、毎回毎回ぬけぬけと……!!」

悔し気に兄を睨む師団長を見て、うーん、これは相手が悪いわねと思う。

この短い時間に2人を見ていただけでも、ジョシュア師団長は完全に兄に手玉に取られている。

今のやり取りだって、ほとんど何も示唆されていない場面から、的確に期待された事柄を読み取ったジョシュア師団長の推察能力が長けているという話だろうに、なぜだかお兄様が優秀だという結論に達している。

ジョシュア師団長は名門公爵家の嫡子だけあって、性質が素直すぎるのだろう。

いつもいつも正面から兄に挑んでいる。

意外だわ。もう少し、権謀術数に長けたタイプかと思っていたのに。

というか、兄だって名門侯爵家の嫡子なんだけどな。どうして、こう性質がひねくれてしまったのかしら。

不思議に思う私の前で、兄は無邪気そうな表情で師団長に話しかけていた。

「もう1人、フリティラリア公爵家のラカーシュ殿も招待してもらえるかな？」

「……お前、何を企んでいる？」

じとりと兄を睨めつける師団長に対し、兄は純真そうな表情でぱちぱちとわざとらしく瞬きをした。

「やあ、それは師団長の悪い癖だ。私が何事かをする度に、底意があると考えるのは止めてくれ。私と妹は、昨日までフリティラリア公爵家の誕生会に参加していたのだ。そこで、色々と歓待いただいたので、今度は私がお返しをする番だと思っただけだ」

「ほう！　我が家に招待して、我が家の料理を馳走することで、お前がお返しをしたことになるのか!!　なんともまあ、お前は私の家族のようだな!!」

「家族か。師団長殿が望むならば、やぶさかでないが」

兄がわざとらしくも片手を顎に当て、考えるようなポーズを取っている。

そんな兄の演技にジョシュア師団長はまんまと嵌《は》められたようで、激しく反論していた。

「望まないに決まっているだろう!!　というか、話を逸らすな!!　陸上魔術師団長である私、国立図書館副館長のオーバン、魅了の一族であるルイス、『四星』らしき存在に魅了されているルチアーナ嬢、さらにお前、何だこのメンバーは!?　ここにラカーシュ殿を入れて何をする気だ？」

不信感に満ち溢れる表情で兄を睨みつけているジョシュア師団長に対し、兄は片手を突き出すと、残念そうに頭を横に振った。

「やあ、立場をひけらかすなど見苦しい振る舞いは止めてほしいものだな。ただのウィステリア公爵家とダイアンサス侯爵家の食事会ではないか。そこにお礼を兼ねて、ラカーシュ殿を招待するだけの話だろう？」

けれど、ジョシュア師団長は忌々し気な表情で口を開く。

「……なるほど。本当にお前は可愛くないな。これだけのメンバーを集めておいて、ただの家族同士の食事会にする気か？　確かに、そうなればオーバンがどれだけ発言したとしても、何一つ確定はされないいが」

多分、ジョシュア師団長の部下たちが見たら、震えあがるほどに眼光鋭い表情だというのに、兄は全く意に介さない様子で嬉しそうに微笑んだ。

「さすがは師団長殿だ！　ほとんど匂わせてもいないと言うのに、私の意図を汲み取ってくれるなんて、……やはり、師団長殿は私のことがお好きなのかな？」

その期待するような兄の微笑みを見て、師団長は心の底から嫌そうな表情をした。

「違うだろ！　もちろん、お前が嫌になるほど優秀という話だ！　ちくしょう、とうとう言わされたぞ！」

それから、ジョシュア師団長は脱力したように肩を落とすと、疲れたような声を出した。

「はあ、けれど、驚いたな。お前がそんなに妹思いだとは、夢にも思わなかった。カードを切ってまで全てをつまびらかにする機会を、非公式な場としてルチアーナ嬢に用意するとはな」

◇　◇　◇

カードを切る？

ジョシュア師団長の話にはところどころ理解できないところがあるわね、とこてりと首を傾けていると、それに気づいた師団長が説明をしてくれた。

……優しい。この陸上魔術師団長は面倒見がいいタイプだわ。

そう思いながら、師団長の言葉に集中する。

「ルチアーナ嬢、サフィアと一緒になると昔話が入り、周りの者たちを置いていってしまう形になるようで申し訳ない。サフィアとは軍で3年間一緒だったため、色々と積もる話があるのだが、このつれない男は3年前に軍を去って以来、全く音沙汰がなかったのだ。久しぶりに会えたことで懐かしくなり、つい話に花が咲いてしまった」

生真面目な表情で説明する師団長に対し、兄が理解を示すような表情で頷く。

「やあ、仕方がない。とにかく年寄りは昔話をしたがるものだから」

「お前、私はまだ27だぞ！　年寄り扱いは止めろ!!」

思わずといったように兄に言い返した師団長だったけれど、私との会話の途中だったことを思い出したようで、気まずそうに咳払いをすると話を続けた。

「まあ、つまり、サフィアは常にこんな感じだったものだから、私はこの男に誰よりも苦労させられた。……が、それ以上に多大なる恩義も受けた。だというのに、この男は私からの感謝を一切受け取ろうとしなかった。だから、私は言ったのだ。『いつか必ずこの恩を返すから、私が必要となった時は訪ねて来い。いつになったとしても必ずだ』とね」

師団長はそこで一旦言葉を切ると、何かを思い出したかのように小さく笑った。

「その際、『お前のためには、いつだって最上のワインを用意して待っている』とも付け加えた。サフィアは私のセリフを覚えていたようで、先ほどそれを引用したから……私は気付けたというわけだ。今こそが、サフィアが私の力を借りようとしている時で、私は最上のものをサフィアに用意しなければいけないのだと。それが、国立図書館副館長のオーバンであり、非公式の場というわけだ」

それから師団長は兄に向き直ると、唇の端を歪《ゆが》めた。

「……いや、正直驚いたよ、サフィア。お前がこれほど妹に甘いとは。この案件は、個人に判断を委ねることが許されるようなレベルのものでは全くない。そのことを十分分かっているお前が、それでも、当事者であるからとお前の妹の意向を尊重するとは。そして、妹に判断基準を与えるために、私へのカードを切ってまで、非公式な場でのオーバンとのコンタクトをお膳立てするとはね」

「…………………」

師団長の言葉を聞いた兄は、珍しく言い返すこともなく沈黙を保っていた。

「お、お、お兄様……」

けれど、兄は何てことをしているのだと、私は思わず口を開く。

……た、確かに直感的におかしいとは思った。

サフィアお兄様が選択肢の中からどれを選ぶかを判断しろと私に言った時、王国の陸上魔術師団長が直接出向いてくるような案件だから、国家単位で考慮すべき問題ではないかと、瞬間的に考えはした。

けれど、お兄様の提案にジョシュア師団長が口を差し挟むことがなかったから、そんなものなのかと納得したのだ。

けれど、全然、そんなものではなかったようですね！

そ、そうですよね。……どう考えても、『開闢記』がらみの案件は、個人が判断するレベルの話ではないですよね。

そんなこと、この兄なら十分分かっているだろうに、一体どうしたのかしら。

まさか、ジョシュア師団長の言葉通り、私を甘やかそうとして兄の行動がおかしくなったわけでもないでしょうに。

と、そこまで考えたところで、私ははっと一つの可能性に思い当たった。

「ジョ、ジョシュア師団長！」

「どうした、ルチアーナ嬢？」

私の呼びかけに不思議そうに返事をした師団長に向かって、私は勢い込んで話し始めた。

「わ、私には、兄が今回のことを非公式に、秘密裏に処理しようとしている理由に心当たりがあります！」

「何？」

「実はもう1人、『魅了』にかかっているのではないかと疑われる人物がいまして」

「何だって!?」

私の言葉に、師団長が弾かれたように顔を上げた。

それから、手袋をはめた両手で私の肩を摑み、真剣な表情で見つめてきたので、私も真剣な表情で師団長を見上げる。

「ですが、そのお相手はものすごい、超高位貴族でして。ですから、影響が大きすぎることを懸念して、兄は公にするのを躊躇っているのだと思われます」

「……………それは、誰だ？」

師団長が瞬きもせずに、ひたりと見つめてくるので、私も視線を逸らすことなく口を開く。

「……………筆頭公爵家であるフリティラリア家の嫡子、ラカーシュ様です!!　その証拠に、『ルチアーナ素敵フィルター』が発動中で、私が素敵に見える魅了にかかりっぱなしなのです!!」

けれど、どういうわけか、私の答えを聞いた途端、ジョシュア師団長は「ああ」と興味を失くしたように視線を外した。

「いや、彼は問題ない。あれは状態異常ではなく、病の一種だ」

「へ？」

確信した様子で、はっきりと否定する師団長を見て、私はぱちぱちと瞬きを繰り返した。

隣では兄が、わざとらしく片手を額に当てながら、呆れたようなため息をついている。

「まだお前は気付いていないのか。……あれは、四百四病《しひゃくしびょう》の外《ほか》だ」

◇　◇　◇

『四百四病の外』か……。サフィア、相変わらずお前は的確だな」

ジョシュア師団長が熱のない声で兄を褒めた。

対する兄も、何の感慨もなさそうに答える。

「どうも。けれど、この問題は外す方が難しいかと」

「ああ……、まあ、そうだな」

2人だけで話を進めていく兄と師団長を見て、私はぱちぱちと瞬きを繰り返した。

あらあら、男性が2人で結託して、何やら嫌な感じですよ。

間違いなく優秀な2人ですからね。この2人が組むと、太刀打ちできない気しかしません。

そう思い、正々堂々と正面から尋ねることにする。

「ええと、知識がなくて申し訳ないのですが、四百四病の外という単語を初めて聞きました。どういう意味ですの？」

質問の答えを待ちながらも、頭の中は疑問符でいっぱいだった。

ええと？　ラカーシュは間違いなく魅了にかかっているはずだけれど、どうしてこの2人は魅了ではなく、病だと言い切れるのかしら？

お兄様にしろ、師団長にしろ、ラカーシュの奇行の一部を目撃しているはずなのに。

魅了でもなければ、冷静沈着で『歩く彫像』と呼ばれるラカーシュが、あんな風に私に夢中になるはずがないじゃない。

小首を傾げる私に対して、兄はちらりとこちらを見た後、冷めた感じで答えた。

「医師だとて万能ではない。治療できるのは404の病に限られる。ラカーシュ殿は405番目の病で、医師の力の外だということだ」

「えっ！　そ、それは、大変なことではないですか!!」

兄の言葉を聞いた途端、その重大性に驚いて声を上げる。

医師が手も足も出ない病なんて、初めて聞いたわよ！

なるほど。ラカーシュがかかっているのは魅了ではないけれど、同じくらい大変な病だということね。

そして、聞いたことがないほど珍しくて重大な病だから、ラカーシュがあたかも奇行に走ったかのように思われる症状が表れるということね。

さすがはお兄様と師団長だわ！　私が知りもしない405番目の病について詳しく知っているばかりか、一目でラカーシュが罹患《りかん》していることに気付くだなんて。

そう考え、尊敬の眼差しで兄を見つめていると、「相変わらず、恐ろしくズレている」というようなことを口の中でぼそぼそとつぶやかれた。

「……え？　お兄様、何か言いました？」

聞き間違いよねと思って改めて尋ねると、何でもないといった風に肩をすくめられる。

「……ああ、お前の言う通り、ラカーシュ殿は大変だなと言ったのだ。だが、医師の力は及ばないものの、恐ろしいまでに高等教育が足りていない、鈍感なご令嬢であれば治癒できるらしいぞ。……何と言っても、四百四病の外（恋の病）だからな」

兄の言葉は、いつもの謎かけのようなもので終わってしまった。

おかげで、意味が分からないままだった。

結局、ラカーシュは魅了にかかっているわけではなくて、難しい病におかされていて。

医師には治せないけれど、どこぞのご令嬢には治せるかもしれなくて。

兄の落ち着きぶりからみると、病にかかりっぱなしでも大きな問題はない。

……と、そういうことでいいのかしら？

そこまで考えたところで、あれ、今晩のウィステリア公爵家の晩餐会《ばんさんかい》にラカーシュも招待されているじゃないと思い当たる。

用意周到なお兄様のことだ。

ラカーシュを間近で直接観察し、病の具合を確かめることを目的として、ジョシュア師団長にラカーシュを招待させたのじゃないかしら。

さすがお兄様、面倒見がいいわね、と思ったところで、あれれ、けれど、病にかかっているラカーシュに不用意に近付いて大丈夫かしらと、今度はそのことが心配になる。

ラカーシュがお兄様たちの考える通り大変な病だったとしたら、他人にうつる可能性があるんじゃないかしら？

私にもそうだけど、その４０５番目の病がサフィアお兄様やジョシュア師団長、ルイスにうつったら大変よ？

そう3人に忠告すると、微妙な表情で返事をされた。

「……ああ、せいぜい気を付けよう」

とため息交じりにつぶやいたのはジョシュア師団長。

「うん、ラカーシュ殿と同じ相手に後発なんて、分が悪すぎる。絶対にごめんだよ」

そう困ったように答えたのはルイス。

「やあ、お前の鈍感っぷりは超越しすぎていて面白さがないな。冗談を言っても冗談と理解しないので、笑いどころが全くない」

最後にそう、つまらなそうに文句を言ってきたのはお兄様だった。

……え、あの、私は皆さんが病にかからないようにと心配しているだけなのに、た、態度が悪くないですかね？

8 ウィステリア公爵家の晩餐会　1

――ウィステリア公爵家の晩餐会。

その会に出席するに当たって、私は一旦王都にある侯爵邸に戻ると、夜会用のドレスを身に着けた。

兄の要望から始まったとはいえ、正式にウィステリア公爵家嫡子であるジョシュア師団長から晩餐の招待を受けたのだ。正式な格好で臨むのが礼儀だろう。

そう思いながら選んだのは、レースをふんだんに使用した目の覚めるような青いドレスだった。

腰までの髪は全て結い上げて斜め上でまとめてもらい、髪に何本もの花を飾る。

使用したのは、もちろん全て撫子《ダイアンサス》の花だ。

高位貴族の家名はいずれかの花の意味を持ち、その花を意匠化したものがそれぞれの家紋となっている。

自分の家柄の家紋以外の花を挿した場合、色々な意味を読み取れる形になるので、男女間のトラブルに発展しかねない。

そのため、遊び心がないと言われようが、いつだって同じ花で野暮ったいと思われようが、前世の記憶が蘇って以降の私は、撫子のみを身に着けるようにしていた。

そして、いつものように撫子の花を髪に挿した私だったけれど、鏡を見て十分美しいと満足する。

――ええ……。か・ん・ぺ・き・な美女だわ☆

本当にルチアーナは、外見だけは驚くほど整っているなと改めて思う。

びっくりするほどの美貌に、完璧なスタイル。

うはあ、まさに悪役令嬢！　敵役ってのは、外見が整っているほど憎まれがいがあるものだけど、その意味でルチアーナは完璧なる悪役令嬢だわ！

そう思いながら鏡を見ていたところ、段々と綺麗なドレスを着ていることに気分が高揚し、ふふふと笑い声が漏れる。

前世の私は、スカートをはくこと自体がほとんどなかった。

色味が派手な服を身に着けることも滅多になく、無難な服を着て過ごしていた。

たまに綺麗なひらひらの服を着ている後輩を見ては、羨ましく思ったりもしたけれど、アラサーで地味な私には、絶対にそんな服が似合わないことも分かっていた。

だから、可愛らしい服は好きだったし、着てみたいなと思ったことはあったけれど、客観的に見て似合わないことが分かっていたため、決して身に着けたことはなかったのだ。たとえ、家の中だけだとしても。

そんな風に、華やかな服に憧れを抱いていた私にとって、綺麗なドレスを堂々と着用することはすごく気持ちがいいことだった。

しかも、このひらひらで色鮮やかなドレスが、自分に似合うと思えるのだ！

ああ、綺麗な服を着て、自分でその服を似合うと思えて、顔を上げていられることは、何て気分がいいのだろう。

そう思い、くるりと回ってドレスの広がり具合を確認していたところ、ちょうど部屋に入ってきた兄と目が合った。

「美しいな、ルチアーナ。まるで湖の妖精のようだ」

そう発言した兄の格好が、白銀を基調にした落ち着いた色合いのものだったので、驚いて口を開く。

「えええ、お兄様ったらどうしたんですか、その格好は？　普通の服を着たら、普通にイケメンじゃないですか！　いつものキラキラしい、趣味の悪すぎる服を脱いだら、そんなイケメンが出てくるなんて」

「やあ、相変わらずお前の言葉は歯に衣を着せないな。驚くほど褒められている気がしないぞ」

「それはそうでしょう。実際、私は褒めているのではなく、驚いているのですから。というか、お兄様、そんなイケメンが現れるのでしたら、普段のキラキラしい服を全て捨て去ることをお勧めします!!」

「むー、そうしたら、ご令嬢方が寄ってきて大変じゃあないか。私は近寄ってきたご令嬢方にノーと言うことはないので、そもそも彼女たちが近寄らないようにと自衛しているのだが？」

わざとらしく色男を気取るような発言をした兄だったけれど……あれ、これは案外、本音じゃないかしらと思う。

なぜなら、伝統的な貴族服を着用している兄は、びっくりするほど見栄えが良かったのだから。

確かにこんな姿を見たら、女性たちは大挙して押しかけてくるだろう。

けれど、今夜に限っては、私以外の女性は参加しないので、兄がどれだけイケメンでも女性に押しかけられる心配はないのだ。

だからこそ、普段のキラキラしい奇天烈《きてれつ》な服を止めて、落ち着いた常識的な服を身に着けているのではないだろうか。

長めの青紫の髪に、けぶるようなまつ毛の下から、少し閉じたような目で斜めに見つめてくる兄は、間違いようもなく圧倒的な美貌の持ち主だったのだから。

……ひ、人目を引くキラキラしい服とおかしな言動に惑わされていたけど、サフィアお兄様ってちょっと、類を見ない程の美貌じゃないの。こ、ここまでとは気付かなかったわ。

そう驚きながら言葉もなく見つめていると、兄は「ふうむ」と私の髪型を見て不満そうにつぶやいた。

「一分の隙もなく花を飾るなど、……そういうところが、お前が今一歩、男性との駆け引きを上手く行えないところだな」

兄はそう言いながら手を伸ばしてくると、私の髪から数本の撫子を抜き取り、自分の胸ポケットに挿す。

ピンクの撫子の花は、落ち着いた色合いの兄の服装にとてもマッチした。

まあ、自分を着飾る意図もなく行った動作で、こうも男ぶりが上がるなんて、お兄様ったら小憎らしいくらい気障《きざ》だわね。

そう思いながら、兄が差し出してきた腕に手を掛ける。

すると、兄はするりと上手に誘導してくれた。

とても歩きやすいので、歩幅も私に合わせてくれているのだろう。

う――ん、まいったわ。

気付かなかったけど、お兄様は侯爵家の嫡男だけあって、女性へのマナーは完璧なのだわ。

ちょっとこれ、超優良物件じゃないかしら？

恐ろしいまでに整った兄の美貌を見上げながら、私は心の中でそう思ったのだった。

◇　◇　◇

「う――ん、ここは王都よね？」

ウィステリア公爵家の大邸宅を見上げながら、私は心の声がだだ漏れるのを感じていた。

当然のことだけれど、ウィステリア公爵家は王都の外に広大な領地を持っていて、自前の城を構えている。

だから、王都にあるのは別宅というか、扱い的にはセカンドハウスにあたる建物だ。

けれど、目の前にあるのはどう見ても、そこらの貴族の本邸よりも立派な建物だった。

「人が中に住む箱という意味では、我がダイアンサス侯爵邸と違いはないさ」

「……大胆な考え方ですね」

兄の言葉に返事をしながらも、視線はどうしてもウィステリア公爵邸に引き付けられる。

……お、大きいわ。

単純に考えて、邸《やしき》の大きさは我が侯爵邸の倍近くあるわよね。

そして、建物に使われている材質も、そこここに見られる建物の形状や模様といった意匠も間違いなく一級品だよね。

はあ、とあきらめのため息をつきながら、私は公爵家の権力の大きさを改めて実感した。

……そうよね。公爵家といったら王家に次ぐ上級貴族で、国内にも四つの家柄しかないんだもの。

絶大な権力を持っているはずよね。

や、ほんと、私は権力に疎いので、普段は気付かないのだけど、公爵家が持つ特権には物凄いものがあるはずなのだ。

だからこそ今後、ゲームの主人公にヒーローとして選ばれる者がラカーシュであるにしろ、ジョシュア師団長やルイスであるにしろ、私が「主人公に敵対する者」と認定された際には、侯爵家であるにもかかわらず、ダイアンサス一族は丸ごと放逐されるのだ――――公爵家の絶大な権力でもって。

我が家だって侯爵家だから、かなりの上級貴族のはずなのだけれど、公爵邸を目の当たりにすると格が違うなと素直に思う。

この権力の凄さを忘れないようにしないと。

そして、魅了の一件が片付いた暁には、情がないようだけど、ウィステリア公爵家には近付かないようにしないと。

そう考えながら、案内されるままに晩餐室の扉をくぐる。

すると、ジョシュア師団長が自ら出迎えてくれた。

師団長の右側にはルイスが立ち、左側には――――サラサラとした長めの前髪に眼鏡《めがね》をかけた、見るからに知的なタイプの男性が立っている。

「サフィア、ルチアーナ嬢、ウィステリア公爵家の晩餐会へようこそ。それから、ルチアーナ嬢は初めてなので紹介しよう。私の一つ下の弟であるオーバンだ」

「初めまして、ルチアーナ嬢。ウィステリア家の第二子で、国立図書館副館長を務めているオーバンです。以後、お見知りおきください」

そう言うと、オーバン副館長は差し出された手に重ねた私の手を、自分の口元に持っていった。

間近で見ると、ジョシュア師団長の弟であり、ルイスの兄であるだけあって、オーバン副館長はやっぱり美形だった。

飾り気のない眼鏡の奥で理知的な瞳がまたたき、いかにも知性派といった雰囲気を醸し出している。

ウィステリア三兄弟の中で、このオーバン副館長だけが攻略対象者ではないのだけれど、残る2人に引けを取らない美形だなんてすごいわねと素直に感心する。

何と言うのか、右を見ても左を見ても美形しかいないというのは恐ろしい空間なのだけれど、それでも、美形のありがたみは損なわれないものらしい。

思わず息を詰めて見ていると、そのことに気付いたのか、オーバン副館長は手袋をした私の手に口付けを落とす真似をしただけで、実際には触れてこなかった。

それだけで、オーバン副館長が紳士のような気持ちになったので、私は淑女としてかなりちょろいのかもしれない。

ラカーシュは既に到着しており、私の姿を見ると嬉しそうに近寄ってきた。

不躾にならない絶妙な具合で、私の頭から足先までゆっくりと視線を走らせると、感嘆したようなため息を漏らす。

「……まるで君から光が溢れ出でているかのような美しさだね。聖なる山の頂で見つけた、凛とし言いながら、ラカーシュは胸に挿していた黒百合の花を手に取ると、私に向かって差し出した。

「撫子の君に。撫子の花も素敵だけれど、黒百合の魅力も知ってほしいから」

ラカーシュは押しつけがましくなく、いたって自然に差し出してきたのだけれど、私は咄嗟のことに体が固まってしまい、無言で黒百合の花を見つめることしかできなかった。

……え、ええと。

先ほどまでラカーシュは魅了をかけられていて、そのせいで私が素敵に見えるのだと思っていたけれど、お兄様の言葉によると、実際は重篤な病におかされているのよね。

これまでのラカーシュからは考えられないような言動をするのは、その病の症状なのかしら？

でも、そうだとしても、まるで恋愛的にアプローチをされているようにしか思えなくて、それに対する返しを、私は一切持っていないのだけれど。

いや、もう、本当に。男性からこんな瞳で見つめられるのは初めてだし、近付いて来られるのも初めてだし、何らかのスイートちっくな返事を求められるのも初めてだ。

そして、元喪女で、今世でも、実は男性と恋愛的な関わりが全くなかった私に何ができるというのかしら。

ありがとうと受け取るべきなのか、結構ですと受け取らないべきなのか、それすらも分からない。

受け取ったとして、ずっと片手に持っておくのだろうか。

あれ、でも、今から食事なのに、ずっと持っているなんて邪魔じゃないかしら?

でも、でも、邪魔だからと、ナイフやフォークに並べて黒百合をテーブルに置いておくのも、スマートな方法には思えない。

ぐるぐると思考が空回りし、無言で黒百合を見つめている私の隣で、賞賛するような声が上がった。

「やあ、これはまた、とびきり美しい黒百合の花だな。このような美しい花を見つめ続けていては、妹はすぐにでも魅了されてしまいそうだ。今日のところは妹の視界から隠し、妹を飾る役目を担ってもらおうか」

兄はそう言うと、ラカーシュの手から黒百合を受け取り、私の髪に挿した——先ほど撫子を抜き取り、少し寂しくなっていた花飾りがない部分に。

そうして、私の髪を見つめると、満足そうに頷いた。

「黒百合と呼ばれてはいるが、実際は黒色ではなく濃い黒紫色をしているから、ルチアーナの髪によく映えるな」

イエスともノーとも言わず、けれど、きちんとラカーシュを受け入れる兄の態度を見て、すごいわね、お兄様こそが恋愛の上級者だわと、心から感心する。

私にはラカーシュを満足させる対応が、何も浮かばなかったもの。

そして確かに、ラカーシュは兄の対応に満足したようで、私の髪に飾られた黒百合の花を見つめると、嬉しそうに微笑んだのだった。

◇　◇　◇

兄と私が最後の到着者だったため、晩餐会はダイアンサス侯爵家の到着をもってスタートした。

……一言、どうでもいい話を言わせてもらえるならば。

私以外のメンバーは、ウィステリア公爵家の三兄弟、フリティラリア筆頭公爵家の嫡子、ダイアンサス侯爵家の嫡子という、信じられないほどの超高位貴族で構成されていた。

全員が恐ろしく美形で、恐ろしくマナーに精通している。

私がテーブルに着席する際、全員が起立して私が座るのを見つめていた光景には、正直指先が震えた。

いや、レディーファーストというのは紳士の礼儀として正しいけれども、全員で私を見つめるというのはどうなのだろう？

完璧なマナーを叩き込まれている貴公子たちの厳しい目に晒《さら》され、私の一挙手一投足を確認されているのだと思うと、ただ歩行するだけの動作ですら難しく感じた。

これまでの数百時間にも及ぶマナーのレッスンは、この瞬間に失敗しないためのものだったのだと思ったほどだ。

そして、私が着席した後、全員が揃ったように椅子に座る姿を目にした時は、男性陣の流れるような動作に瞬きも忘れて見入ってしまった。

……ああ、集団の破壊力ってすごい。軍隊の一員でもないのに、どうして全員の動作が揃っているのか。そして、イケメンで所作も美しい一軍だなんて、私の心臓を止める気なのか。

さて、晩餐会に話を戻すと、まずはウィステリア公爵家ご自慢のワインの試飲から始まった。

年代物のワインが大事そうに何本も取り出され、テーブルの上に並べられる。

「澄み切った光沢のある色調で」「ベリーのような香りに」「舌触りがなめらかな」「心地よい苦みがあって」などと、男性陣はワインについて思い思いの感想を述べていく。

私はグレープジュースをちろちろと舐めながら、皆の話を聞くともなしに聞き、男性陣は忍耐強いわねと考えていた。

誰もがこのワインの部分は茶番だと分かっているのに、それでも全員で付き合うなんて、大したものだわ。

やがて食事が運ばれてきて、食する時間になったというのに、それでもまだ本題に入ろうとする者はいなかった。

さすが高位貴族の子息たちだわ。我慢強さとポーカーフェイスが半端ないわね。

ああ、セリアのような先見の能力はないけれど、私には未来が見えるわ。

将来きっと王宮を舞台にして、同じような光景が繰り広げられるのよ。

5人ともに滅多にないほどの高位貴族だし、有能だから、間違いなく全員揃って王宮の中枢にポストを与えられるだろう。

というか、実際にジョシュア師団長とオーバン副館長は、超高位の職位を与えられている。

そこで、同じようにポーカーフェイスで化かし合いをして、時間を無駄にするのだわ。

……もしもその時、私が王城で働いていたとしたら、間違いなくこの連中を置き去りにして、夕方には家に帰ろう。

私は時間を無駄にしないタイプなのだ。

そう決意しながら、私もポーカーフェイスを装って……と思っていたけれど、食事の最中に、ジョシュア師団長がしてくれたサフィアお兄様に関する軍生活の話は面白かった。……笑った。

オーバン副館長の図書館にまつわる極秘話も興味深かった。

ルイスのウィステリア公爵家三兄弟の話は微笑ましかった。

ラカーシュのセリアに関する話はほっこりした。

そして、サフィアお兄様の従魔の話は、意外にもしんみりした。

……………何なのだこの5人は。話し上手でもあるなんて、もう死角がないのかしら？

よしよし、私は絶対にこの5人とは勝負しないわよ。

そう考え、心の中で頷いていたところで、場所を移してゆるりと話そうという提案がなされた。

いよいよだわ。……と部屋を移し、ソファに座ったところで、突然眠くなる。

……考えてみたら、フリティラリア公爵家で魔物を討伐したのは昨日の昼の話だ。

更に、昨日の夕方には、コンラートが弟ではないと分かって慌てて学園寮へ戻って来ており、続く今日は、早朝にルイスとの出逢いを果たし、教室でラカーシュの混迷劇に巻き込まれ、ジョシュア師団長の訪問を受け、そして今、ウィステリア公爵家での晩餐会に出席している。

昨日からこっち、対応した案件を羅列してみると、どう見ても2日でこなす量ではない気がする。

ええ、ええ、私は国の重鎮でも何でもない、ただの学生ですからね！

それにしては、対応した案件の内容は重いし、次から次へと降りかかってくる気がします……。

と、うとりうとりとしたところで、兄から呆れたような声が掛けられた。

「……お前はすごいな、ルチアーナ。王国でも選《え》りすぐりの男性が集合し、お前ひとりを歓待しているというのに、眠り込むだなんて。お前にとって私たちは、よほど退屈な相手のようだな？」

「ふえ？　……も、もちろん、眠ってなどいませんよ！」

はっと気づいた時は、隣に座っていた兄に寄り掛かっているような体勢だったため、慌てて体を起こしながら言葉を返す。

……まずい、まずいわ。

確かに一瞬、魂がどこかへ飛んでいたけれど、きっと、今は眠っていたと認めてはいけない場面だわ。ご立派な紳士の皆様の顔を立てるためにも、眠っていたなんて決して言ってはいけないはずよ。

そう思い、作り笑いとともに新たな言い訳をしようとすると、兄に機先を制される。

「そうか、だとしたらお前が今つぶやいた、『「東の悪しき星」の好みがお兄様だなんて、個性的な趣味だこと』……とは、どういう意味だ？」

「え……」

気付いた時には、真剣な5対の目にまじまじと見つめられていて、……いっぺんに眠気は吹き飛んだ。

◇　◇　◇

「私はそんなことをつぶやきましたっけ……？」

どうしよう。本気で覚えていない。

……ええ、すみません。本当は眠っていました。

そして、眠っている間、だいたいの人間は荒唐無稽な夢を見て、支離滅裂なことをつぶやくものなのです。

「ふ、ふふ、ふ、あまりよく覚えていないのですけど、無意識にお兄様のことをつぶやくだなんて、私はお兄様のことを慕っているのかもしれませんね」

満面の笑みを作り、可愛らしく首を傾け、兄のご機嫌を取るような発言をしてみる。

寝言だったとしても、『好みがお兄様だなんて、個性的な趣味だこと』という言葉は、明らかに兄を貶《おとし》める発言だ。少なくとも褒めてはいない。

まずい、まずい。

何だかんだと兄は私のために良くしてくれるというのに。

そして、直接顔を突き合わせて冗談交じりの悪口を言うのと、夢を見て無意識に悪口をつぶやくのとでは全然意味が違う。

夢の場合は、常日頃からそう思っていた感じが出てしまう。けれど。

「違います、違います！　私は決して、お兄様を嫌ってはいませんから！　むしろ好きです!!」

誤解されてはたまらないと、思わず心の裡《うち》を口に出す。すると、その必死な気持ちが通じたのだろうか。

「……そ、そうか。だが突然、何の告白だ？」

兄は私の言葉を聞くと、焦ったかのように立ち上がった。

それから、利き腕を上げると、前腕部分で口元を隠すように押さえる。

そんな兄を見たジョシュア師団長がソファから背中を上げ、面白いものを見つけたというように口を開こうとしたけれど。

「師団長！　一言でも言葉を発したら、本気で追い込むからな!!」

との兄の発言を聞いた途端、師団長は開きかけた口をそのままぴたりと閉じ、再びソファに背中をあずけた。

あまりにも従順な師団長の態度に驚いて視線を巡らせると、師団長は考える風を装って目まで閉じており、完全に関わらない態度を明らかにしていた。

私はきょろきょろと居並ぶ5人の男性陣を見回すと、何だかもう色々と観念して、謝罪会見をするような気持ちで口を開いた。

「あの、本当にすみませんでした。ごまかそうとしましたけれど、確かに私は少し眠っていたようです。そして、夢の中でお兄様の悪口を言っていたようで、……だけど、お兄様は私にすごくよくしてくれるし、嫌なことをされたことはないので、悪口を言った私が悪いです」

そこで一旦言葉を切ると、私は黙って私の言葉を聞いている男性陣に向かってぺこりと頭を下げた。

「兄のことをお好きな『ひがしのあしきほし』さんは、……ええと、東、に由来のある方なのでしょうね、きっと」

寝ぼけていた私が、このヘンテコな愛称をどんなつもりで付けたのかは不明だけれど、明らかに出来が悪いと思う。

「この愛称について反省の弁を述べさせてもらうならば、『悪しき』という悪いイメージを想起させるような音の単語を付けたのは問題でした。『ひがしのあしきほし』……もう、今となっては、自分がどんなつもりでこんな愛称を付けたのか、全く分かりませんが。あ、いえ、話がずれました。

つまり、その方がお兄様を好きなのだとしたら、よいご趣味だと思います、ええ、心から」

そう言うと、もう1度頭を下げる。

誠心誠意謝罪したつもりだけれど、考えながら話をしたので、あちこちと話が飛んでしまった。

上手く気持ちが伝わっただろうかと、頭を上げて男性陣を見回すと、全員からぽかんとした表情で見返された。

「これは……、サフィア以上のからめ手の名人なのか？　すごいな、驚くほど理解不能な流れで、主題をずらされたぞ」

片手を額に当てたまま、驚いたようにジョシュア師団長からつぶやかれる。

師団長の弟であるオーバン副館長は、兄の言葉を肯定するかのように深く頷いた。

「その通りですね。サフィア殿を褒めるところから始まり、『東の悪しき星』の意味不明な解釈に続いたので、この唐突な話題の転換の意味は何なのだろうと考えている間に、するすると話を逸らされた感じで、……テクニックだとしたら恐ろしいことです」

ラカーシュに至っては、どこかを痛めたような表情をしていた。

「ああ、ルチアーナ嬢。君はいつだってこんな風だから、私は君に翻弄されているのかな？」

1人だけ普段通りの表情をしていたルイスは、言いにくそうにぽつりとつぶやいた。

「ええと、ルチアーナ嬢にはからめ手もテクニックも一切なく、サフィア殿の言葉をただ自己解釈していただけのように、僕には思えるのだけれど……」

最後に兄が、――どうやら、いつの間にか普段の調子を取り戻したようで――真面目腐った表情で口を開いた。

「今回はルイス殿が正解のようだな。さて、すごいな、ルチアーナ。全ての音を正確にとらえているので、お前の聴覚は非常に優れていることが証明されたぞ。……が、肝心の変換機能が仕事をしていない。『東の悪しき星』だ。『四星』の中の一星なのだが、……思い出せないか？」

◇　◇　◇

思い出せないか、と問われても、夢というのはたいてい目覚めた瞬間に忘れてしまうものだ。

うたた寝とも呼べないようなわずかな時間に見た夢で、さらに目覚めた瞬間イケメン軍団に囲まれてしどろもどろになった私の心中をお察しください、お兄様。

目覚めた時には奇跡的に少しくらい覚えていたとしても、イケメンの一軍に見つめられた時点で、全てが吹き飛んでいます。

つまり、欠片《かけら》も残らないほど忘れてしまいました……。

実際、何一つ記憶が残っていない頭を押さえながら、情けない表情で兄を見つめていると、兄はふっと息を吐いた。

「そうか、思い出せないか……。まあ、そうだろうな。だが、少なくともお前の無意識領域に彼《か》の星は干渉しているということだ」

そう言うと、兄はわざとらしいほどの流し目でオーバン副館長を見やった。

対するオーバン副館長も、わざとらしいため息で答える。

「そんなあからさまに見つめられなくても、自分の役割は理解しています。私が饒舌になるべきだということは。……そうですね、私はワインに酔うと、独り言を言う癖があるのです。例えば、図書館の奥の奥、限られた者しか入れない最奥の部屋に隠された本の中身を話してみたくなったりする……そんな悪癖が」

それから、オーバン副館長は面白くもなさそうに笑った。

「ははは、これ普通に首が飛びますけど。職を失うという意味ではなくて、物理的に首が体から離れるという意味です。それを理解して聞いてください。……これは、世界樹《ユグドラシル》について、1番初めに書かれている記述です」

オーバン副館長はすぅと小さく息を吸うと、不思議な声で言葉を紡ぎ始めた——私は知らなかったけれど、それは図書館員がその役割として、書物について語る時に発する声だった。

「世界に四星あり。そのうち二星は男性の姿をしており、一星は『北の悪しき星』、一星は『南の善き星』。残りの二星は女性の姿をしており、一星は『西の善き星』、一星は『東の悪しき星』。四星は世界樹の守り手なり」

——あってはならない話ではあるのだけれど。

『秘密中の秘密』、『門外不出』などと言っても、どういうわけか特権階級はその秘密の幾ばくかを摑んでいたりするものだ。

その証拠に、国家レベルの秘匿情報である『開闢記』の一節を諳《そら》んじられたというのに、私とルイス以外の参加者は、驚愕や感嘆といった反応を一切示さなかった。

ええっ！　ちょっと、オーバン副館長は命を懸けて本の一節を紹介したのだから、もう少し反応すべきじゃないのかしら!?

と、そう思ったのはオーバン副館長も同じだったようで、ソファの背もたれに乱暴な仕草で頭を預けた。

「……これ、私が参加する意味があるんですかね？　第一級禁書の内容だというのに、ほとんどの参加者にとって既知の情報だなんて、こんな集まり、初めて参加しましたよ！　完全なる茶番じゃないですか！」

「オーバン、そう言うな。私の古き同胞からのたってのご指名だったのだ。サフィアは意味があると考えたのだろう……国立図書館副館長であるお前の口から、ルチアーナ嬢に語られることに」

ジョシュア師団長の言葉を聞いたオーバン副館長はちらりと私を見やり、……当然のように、今聞かされた『四星』について一生懸命理解しようと頭を働かせている私を見て、ふっと小さく笑った。

「なるほど。少なくとも私の可愛らしい弟に加えて、お1人は私の言葉を新鮮な驚きでもって受け止めてくれる方がいらっしゃるようですね。分かりました、私はルチアーナ嬢に向かって話すとしましょう」

それから、オーバン副館長は自然な動作で私の前に片膝をつくと、穏やかな笑みを浮かべた。

「ルチアーナ嬢、君の瞳は琥珀色なのですね。角度によって色が変わるなど、何とも神秘的です。私にその美しく煌めく瞳を覗き込む許可をいただけないでしょうか？」

「え、ええ、もちろんですわ」

……あくまで建前は家族同士の食事会で、何事かを公式に話し合ったり、認めたりする場ではないのは分かっているけれど、……けれど、こんな風に思わせぶりな言い回しを使う必要があるのだろうか。

私はもう、男性陣の一言一言に振り回され過ぎて、息も絶え絶えなんですけど。

どうかそこのところをご理解ください。

オーバン副館長は手袋をはめた両手を私の頬に当てると、ゆっくりと私の顔を上に向かせた。

そして、真剣な表情で私の瞳を覗き込んできた。

……ま、またですか。

ルイスに、ジョシュア師団長に、オーバン副館長。サフィアお兄様まで入れたら4人目ですよ、私の目を覗き込んできたのは。

ああ、もう、あなた方はただの確認行為なのでしょうけど、私からしたらガリガリと精神が削られる行為なので、そろそろ顔が見えないようなお面を被るとか、工夫してもらえませんかね。

くう、美形。オーバン副館長までもが美形なんて、これはどうすればいいのかしら？

ええと、どうすればいいのかなんて分からないので、とりあえず呼吸を止めておきますね。

そんな私の目に見えない努力には気付かないようで、オーバン副館長は観察する目で私の瞳を間近から見つめてきた。

「……確かに、ルチアーナ嬢、あなたの瞳には印が入っていますね。これはまた、……複雑な三重印だ」

オーバン副館長の言葉を聞いた瞬間、ジョシュア師団長が弾かれたように顔を上げた。

サフィアお兄様も何かを考えるかのように目を眇める。

けれど、背を向ける形になっていたオーバン副館長は気付かなかったようで、言葉を続けた。

「一つは、……『四星』の印。もう一つは、……『東』の印。そして、最後の一つは………」

そこでオーバン副館長は言葉を切ると、自分が見ているものが信じられないとばかりに目を見開いた。

「オーバン？」

突然言いさしたオーバン副館長を不審に思ったようで、ジョシュア師団長が探るように弟の名前を呼ぶ。

すると、オーバン副館長は気を取り直すようにぐっと唇を噛みしめ、震える声で続けた。

「最後の一つは、我が……『ウィステリア公爵家』の印です」

◇　◇　◇

「何だと？」

私はもちろん驚いたけれど、ジョシュア師団長はそれ以上に驚いた表情をしていた。

「オーバン、お前は何を言っている!?」

そう言うと、ジョシュア師団長は強引にオーバン副館長を押しのける形で、私の前に片膝をついた。

「私は1度ルチアーナ嬢の瞳を確認している。我が公爵家の印があれば、気付かないはずがないだろう！」

感情を露にしたような声で弟を怒鳴り付けると、ジョシュア師団長は私の頬に片手をかけ、「よろしいか、ご令嬢？」と至近距離で尋ねてきた。

動詞が、動詞がありませんよ!!

いえ、もちろん、『瞳を覗き込んでよろしいか？』ということでしょうけど。

けれど、美形から至近距離で覗き込まれ、「よろしいか、ご令嬢？」と尋ねられるシチュエーション！　これ、普通の女子なら動詞に色々な単語を当てはめて、想像して楽しむ場面ですからね。

そして、元喪女の悪役令嬢とは言え、私は普通の女子でもありますので、そこのところはご了承いただきますよう……。

そんな風にもごもごと言い募る私の心の声が一切聞こえないジョシュア師団長は、真剣な表情で私の瞳を覗き込むと、はっとしたように息を呑んだ。

それから、何度も何度も私の瞳を確認した後、黙って立ち上がると、カツカツと足音を立てて部屋の端から端までを往復し始めた。

「やあ、師団長、檻に入れられた猛獣でもあるまいに、大柄な体躯《たいく》で無駄に歩き回るのは止めていただきたいものだな。そして、受け入れがたい事実と対峙した時、無意味に歩き回る癖はまだ健在だったのか。……つまり、オーバン殿の発言を受け入れたということで、よろしいか？」

兄はのんびりした口調で師団長に声を掛けたけれど、師団長はがばりと兄を振り返った。

「だが！　私が確認した時には、ルチアーナ嬢の瞳には『四星』の印しかなかった！」

「うむ、残り二つは時間差で浮かび上がってくるタイプの印だったのだろうな。いやー、いかにも人を翻弄するのが好きな『東星《ひがしぼし》』のやりそうなことではないか」

「サフィア……。お前はなぜ、驚かない？　お前が確認した時点でも、我が公爵家の印は確認できなかったはずだぞ？」

驚き焦っている師団長に対し、普段通りの飄々とした兄を見て、師団長は訝しく感じたようだった。

対する兄は、手がかかる弟を見るような目つきで師団長を見ていた。

「師団長殿、私は3年前、手に入る情報を全て集めた上で、そこから類推されるあらゆる可能性を想定するようにと助言したはずだが？　私の近しい者に『四星』の印が入ったならば、1番に疑われるのは『東星』だろう。同様に、『魅了』の術が発動している時点で、考えられる最も高い可能性は、『ウィステリア公爵家』だろう。私がなぜ、ルイス殿と師団長殿に声を掛けたと思っている？」

「おま、お前は、……私に声をかけた時点で既に全て分かっていたのか？」

「もちろん分かるはずがない。私はあくまで類推しただけで、可能性が高い類推というのは、高い可能性で事実になり得るというだけだ。……今回のように」

落ち着き払った兄の態度を見たジョシュア師団長は、ごくりと唾を飲み込んだ。

「サフィア、お、お前、……卒業したら絶対に陸上魔術師団に入れ！　お前が立てた3年前の武勲を加算して、将校扱いを約束するから!!」

「やあ、お断りだ。3年前だって、立てた武勲のほとんどを師団長に奪われたというのに、これ以上踏み台にされるばかりの人生なんて」

「くっ……！　それは全く私が悪かった!!　言い訳はしない！　が、今は私もそれなりのポストに就いている。以前とは違い、私の発言には力があるはずだから、今度こそお前を正しく評価するよう掛け合うから！」

「なぜ師団長は、私が高位のポストを欲しがっているような雰囲気を出しているんだ？　3年前の評価についても、私は最高の形だったと満足しているのだが……。全く、師団長殿は肝心なところで真面目だから、冗談が冗談にならないな」

兄はつまらなそうにそう言うと、私に向き直った。

「聞いた通りだ、ルチアーナ。お前の瞳には、3種類の印が入っている。全て術者の存在を特定するための印で、『四星』と『東』と『ウィステリア公爵家』だ」

「はい……」

唐突に話しかけられた私は、どきどきと高鳴る胸を押さえながら兄を見上げた。

流れていく会話を一生懸命聞いていたけれど、話の内容が手に負えないところまできている気がして、困ったような表情になる。

そんな私に対して、兄は淡々と言葉を紡いだ。

「悪いな、ルチアーナ。お前が刻まれた印のうち、少なくとも二つは私が原因だ」

「え？」

「『四星』と『東』が揃ったということは、十中八九、私が原因なのだ」

「サフィア！」

瞬間、ジョシュア師団長が警告するような声を上げた。

それから、周りに座るラカーシュやオーバン副館長、ルイスがいることを思い出させるかのように、師団長は3人を示しながら片手を水平に移動させた。

そんな師団長を見て、兄は軽く手を振る。

「家族の食事会だ、師団長。私がちょっとばかり秘密を漏らしたからといって、何ということもあるまい」

さらりと発言した兄を、師団長はぎりりと睨みつけた。

「もちろん、何ということもあるだろう！　落ち着け、サフィア！　お前の話は第一級の秘匿情報だ。他ならぬお前自身を危険に晒すことになるのだぞ!!」

「……本当に、ジョシュア師団長は私のことがお好きだな。同じ思いを返せないことが、心苦しくなるほどだ」

「サフィア！」

茶化したような兄の発言に、警告するような声を発したジョシュア師団長だったけれど、兄は全く気にする風もなく淡々と言葉を続ける。

「だがね、師団長。私の秘密など、あくまで前座なのだ。私のちょっとした話の後に、本題が続くのだよ」

「何を……」

何事かを言いかけた師団長はごくりと唾を飲み込むと、気持ちを切り替えるかのように残り3人の男性陣に視線を移し、真剣な表情で口を開いた。

「これは警告だ！　サフィアが今から口にすることは、親交を目的とした食事会で明かされるような可愛らしい秘密ではない。聞いた瞬間から、君たちは巻き込まれる。そして、サフィアは分かっていて、そのことを実行するぞ！　さあ、食事会は終了した。帰るなら今だ！」

ジョシュア師団長の表情はどこまでも真剣で、語られている話が冗談でないことは十分伝わってきたけれど……。

師団長の言葉に席を立つ者は、誰一人としていなかった。

◇　◇　◇

「本気か、お前ら!?」

誰一人席を立とうとしない男性陣を見て、ジョシュア師団長は信じられないといった様子で声を上げると、乱暴な仕草で足を踏み鳴らした。

言葉もどんどんと乱暴になってきており、師団長が荒れてきているように思えて心配になる。

けれど、兄は気にする様子もなく軽く肩をすくめると、「年寄りは何事もすぐ心配するからな」とつぶやいて、師団長に睨まれていた。

そんな兄だったけれど、ふいに私の片手を取ると、ぽんぽんと軽く叩いてきた。

叩かれて気付く。あれ、これは小さい頃からの兄のおまじないだと。

私が不安になった時など、元気付けるために兄はいつもこうやって手を叩いてくれていた……。どうして忘れていたのだろう？

不思議に思う私の前で、兄は小さく首を傾げた。

「ルチアーナ、少しだけ昔語りをしてよいか？　昔話を始めた私を見て、お前が私を年寄り扱いしないでくれるとありがたいのだが」

にやりと人の悪い笑みを浮かべる兄を、ジョシュア師団長が面白くもなさそうに見つめる。

重くなった雰囲気を変えようと、兄が年長者である師団長のことをからかっていることは分かったけれど、案外賢い私は、無用な争いには決して巻き込まれないよう2人のやり取りを無視すると、聞かれたことにだけ答える。

「もちろんですわ」

こくりと頷く私を見て、兄はふっと小さく微笑んだ。

「では、お前が退屈して眠ってしまわないほどには短い話にしよう。……いくらかはジョシュア師団長の話と重複するが、13の歳から3年間、私は陸上魔術師団に入っていた。当時は中隊長であったジョシュア殿の下で、軍の一員としてともに生活をしていたのだ」

ジョシュア師団長は直立したまま手近な壁に背中をもたせかけると、話し始めた兄を見つめていた。

その目は心配そうで、兄のことを思いやっていることが見て取れた。

そんな師団長の姿を目にした私は、心の中で嬉しく思う。

兄が独特で個性的なことは間違いない。そのために無用な敵を作ることもあるだろう。

けれど、ジョシュア師団長は広い心で兄を受け入れてくれるのだ。

そのことを兄も分かっていて、だからこそ、何でも1人でできそうな兄が、ここぞという時に師団長を頼るのだろう。

ほっこりとした気持ちで兄を見やると、兄はおまじないの続きなのか、もう1度ぽんと軽く手を叩いてきた。

「私の魔術師団での生活に、大きな問題はなかった」

けれど、兄はそこで一旦言葉を切ると、ふっと息を吐くかのように小さくため息をついた。

「ただし、1度だけ、どうにもならないほどの窮地に陥ったことがあった。その際に私は進退窮まって、不甲斐ないことに他の解決方法を見出すこともできず、差し出された手を取ってしまったのだ……その手が、『東の悪しき星』のものだと知りながら」

「え？」

驚く私の前で、兄が手袋を外し始めた。

基本的に魔術師は魔術放出の出口となる手を大事にするため、常に手袋を着用している。

魔術師である兄が手袋を外すなんて何事だろうと思いながら、差し出された兄の両手の甲を見た瞬間、私は驚きで目を見張った。

「え、撫子《ダイアンサス》の紋がない？」

魔力を持って生まれた者は、利き手の甲に家紋となる花を意匠化した紋が必ず刻まれる。

それがその者の出自を表すことになり、魔力持ちの証となるのだ。

けれど、兄の左手――多分、こちらが利き手なのだろう――には撫子でなく、見たこともない紋様が浮かんでいるばかりだった。

「ルチアーナ、元の紋様を知らぬお前には一つのものに見えるだろうが、これは二重紋だ。一つは『星』の紋、もう一つは『東』だ。……つまり、私が今現在隷属しているのは、ダイアンサス家ではなく、『四星』の一つである『東の悪しき星』ということだ。なぜなら、……私は彼の星と契約したのだからな」

「えっ!?」

色々と理解が追い付かない。

兄たちの話を思い返してみると、『四星』というのは超高位の存在ではなかっただろうか？

私たちとは全然別のカテゴリーで生活をしているという話だったと思うのだけれど、そんな相手と契約を結べるものなのだろうか？

というか、そもそもどうやって出会ったのだろう？

ぽかんと口を開ける私の前で、兄は淡々と言葉を続けた。

「『東星』と結んだ契約期間は3年間だ。その間、私の全魔力を彼の星へ供給することが契約内容だった。対価は『東星』からの1度きりの助力だというのに、割に合わない話ではある。だが、その契約期間もそろそろ切れる頃だと安心していたところに、今回の事案だ」

兄は一旦言葉を切ると、考えるかのように長い指で顎をつまんだ。

「……可能性の一つとして、『東星』が私を手放すのを惜しんでいることが挙げられる。何もせずとも、契約に基づいて私の魔力が毎日流れ込むのだからな。私を手放したくなくなったものの、『東星』に対して警戒している私の下へは近寄りがたく、ルチアーナに手を出したのかもしれない。これが可能性の一つだ。そして、もう一つの可能性は……」

兄はその後も何か言葉を続けていたようだったけれど、私の思考は別のところに移って行った。

……え？　今、お兄様は全魔力を『東星』へ供給しているって言った？

あれ？　でも、お兄様は常に魔力に溢れているわよね？

コンラートの気配を常に探知できるのは、魔力を使った『探索』をかけているからだろうし、そもそもこの間、フリティラリア公爵領で魔物を撃退した際には次々に魔術を使用していたわよね？

ええ、実際に私もお兄様が上級魔術を使用していたのをこの目で見たから、間違いないはずよ。

だとしたら、お兄様が言った、魔力を全て供給しているって言葉は、どんな意味で捉えればいいのかしら？

う――ん、と大きく首を傾げていると、呆れたような表情で私を斜めに見ていた兄と目が合った。

「お兄様？　ど、どうかしましたか？」

「やあ、ルチアーナ。やっと私の存在を思い出してもらえたか。先ほどから、お前に話しかけていたのだが、どうやらお前の精神はどちらかへ散歩中のようだったからな。私の昔語りが長すぎたせいならば悪かったが。いずれにせよ、私の声が聞こえるようになってくれて何よりだ」

「そっ、それは失礼しました！　ちょっと気になることがあって、お兄様のことを考えていたのです」

正直に答えたのだけれど、どうやら勢い込んで話し過ぎたようで、兄は怪しむような表情でちろりと私を見ると、言葉を続けた。

「それはありがたいことだな。私の目の前で私のことを思考してもらうよりも、私の声に耳を傾けてもらう方が、よりありがたくはあるが。……さて、ルチアーナ、私の声が聞こえるようになったのならば、お前への質問に戻ろう。フリティラリア城でお前の魔術もどきについて考察をしたことがあったが、覚えているか？」

兄の言葉を聞いた私は、ぱちりと瞬きをした。

兄が示唆した魔術もどきというのは、ラカーシュの領地でセリアを襲った魔物を倒した際、私が発動させた風の力のことだろう。

もちろん、お兄様とラカーシュと私の3人で色々と話をしたことは覚えているけれど、と首を傾げて兄を見る。

すると、兄も同じように少しだけ首を傾げてきた。

「あの時、お前は自分自身を『平凡令嬢』であると述べ、面白そうだと思った私は、その遊びに付き合うと約束した。さらに、お前は自分を『件《くだん》の存在』とは見做《みな》さないでほしいと希望し、私はそれについても了承したのだが、……状況が変わった。今ここでその話をしなければ、ラカーシュ殿以外の者は情報不足で、問題と相対した時に正しい行動を取れないリスクを負う可能性がある」

兄はそこで一旦言葉を区切ると、私を正面から見つめてきた。

「そのため、……完全なるルール違反なのは理解しているが、お前との約束を反故《ほご》にしてもよいか？」

◇　◇　◇

「…………」

兄の言葉を聞いた私は、ごくりと唾を飲み込んだ。

お兄様がこんな言い方をするということは、私と『世界樹の魔法使い《ユグドラシル》』とが関係があると、兄は考えているのだろうか？

もっと言うならば、私自身が『世界樹の魔法使い《ユグドラシル》』だという可能性があるのだろうか？

――でも、私はゲームの主人公に成り得ない、ただの悪役令嬢でしかないのに。

それなのに、『世界樹《ユグドラシル》の魔法使い』だなんて重要な役割が割り当てられることがあるのだろうか？

たとえば主人公をより強力に見せるために、ライバルである私に『世界樹《ユグドラシル》の魔法使い』という役割を与えることは……、うん、そういうことなら、ありそうな気がしてきたわね。

私は静かに考え込み、けれど、でも、だとしたら、と思い当たった。

そして、おずおずと口を開く。

「お兄様、……今の話でいくと、ここにいる皆様は、私のせいで危険な目に遭う可能性が発生するように思われます。私に関する推測だか秘密だかを共有することは、私に関するリスクも併せて共有することになりませんか？　だとしたら……巻き込むべきではないと思います」

私の言葉を聞いた兄は軽く首を傾けると、では、皆の判断を確認しようとばかりに、居並ぶ男性陣を見回した。

最初に口を開いたのは、ジョシュア師団長だった。

「サフィアとルチアーナ嬢から信頼に足ると思われ、打ち明けてもらえるのならば、私はぜひ聞かせてほしい。……3年前、サフィアが『東星』と契約を結んだのは、私が不甲斐ないせいだった。そのことをずっと心苦しく思っていた。関連する話ならば、頼んでも聞きたい。そもそも、私は師団長の1人として王国の平和を担うべき立場だ。国家の大事に関わることならば、ぜひ、一員として加わらせてほしい」

師団長の言葉を聞いたオーバン副館長が、同意するかのように深く頷く。

「私が王国国立図書館を勤務先に選んだのは、世の中に未だ多く存在する未知のものを発見し、多くの者に知らしめることで、よりよい世界を作るためです。そのための道が開かれようとしているのに、避ける理由はありません。……もちろん、未知のことを知りたいという思いは、私を形作る根幹であるので、純粋な興味だけでも聞かせてほしいものではあるのですが」

兄2人とは異なり、なぜだか真っ青になったルイスが震える声を出す。

「僕もぜひ聞きたい！　ウィステリア公爵家の印があるということは……僕は絶対に、聞かなければいけないんだ」

最後にラカーシュがまとめるかのように口を開いた。

「私にとっては既知の情報だが、……その私から言わせてもらうと、サフィア殿の話は聞くべき情報だと思う。無知は罪だ。何かを意見するにしても、全てを知った上で語るべきだし、知っていることで選択できる行動の幅が増えるのだから」

4人の男性が迷いなく、リスクも含めて私の秘密を共有することに同意した状況を、兄は至極当然といった風に受け止めた。

兄は4人に向かって軽く頷くと、私に視線を向ける。

「さて、ルチアーナ。お前の心配は杞憂《きゆう》だということが証明されたぞ。それでもまだ……お前の話をすることは躊躇われるか？」

変わらず私の意思を尊重してくれようとする兄を見て、私はぐっとお腹に力を入れた。

この段階になっても私はまだ、何の関係もない人たちを巻き込んでいいものかと迷っていたのだけれど、私に話すかどうかの判断を委ねながらも、話を聞いたならば全てを受け止めようとしているお兄様、ラカーシュ、ジョシュア師団長、オーバン副館長、ルイスを見て心が決まる。

こんなに無条件に受け入れる決意をしてくれた彼らに対して、話さないことは不誠実に思えたからだ。

私は皆に向かってぺこりと頭を下げた。

「私は自分が何者か（＝脇役の悪役令嬢だ）ということを分かっています。けれど、兄には兄の見解があるようで、仮に兄の見解が当たっていれば、それをお聞かせすることで皆様はリスクを負う形になります。それなのに、聞くという決断をしてくださってありがとうございます」

お礼を言いながら、どうして誰もがこんなに志が高いのかしらと思う。

ラカーシュにしろウィステリア三兄弟にしろ、私とは顔見知りとしか呼べない間柄だ。

それなのに、そんな私の秘密を共有してハイリスクを引き受けようなんて、普通の感覚ではありえないはずだ。

そう考える私を知らぬ気に、兄は髪をかき上げながら皆を見回した。

「さて、話を戻すとしようか。『東星』がルチアーナに手を出した理由について検証していたのだったな。私が考え得る、可能性が高いと思われる理由は二つだ。一つは、私との魔力供給契約の終了を惜しんだがゆえの行為ではないかということ。そして、もう一つは、……ああ、そうだ、師団長。私の推測を提示する前に、魔術について一つ質問があるのだがよいだろうか？」

兄の言葉を聞いた途端、ジョシュア師団長の表情が用心深いものに変わった。

「お前が、魔術について私に質問をするだと？」

けれど、兄は気にすることなく、純粋そうな表情で言葉を続けた。

「ああ、昨日、ルチアーナが魔力を行使するところを目にしたのだが、……妹はレベルとナンバリングを省略した上に、魔術名を誤っていた。つまり、魔術を構成する3要素である、属性、レベルとナンバリング、魔術名のうち二つが不一致だったのだ……」

◇　◇　◇

「それは……」

兄の言葉を理解した師団長が、残念な子を見る目で私を見た。

リリウム魔術学園の生徒は未来の幹部候補生のため、王国魔術師団が生徒たちに注目していることは間違いない。

その魔術師団のトップであるジョシュア師団長のことだ。きっと、秘密裏に手を回して、生徒の優秀さの度合いについての情報を摑んでいるはずだ。

つまり、私が高位貴族の出身にもかかわらず、非常に出来が悪いということは既に耳に入っているのだろう。

ジョシュア師団長の表情は、そのことを示すかのように驚きではなく、同情に満ちたものだった。

生まれつき魔力が低い私を蔑《さげす》むでもなく、同情してくれるなんて、師団長はいい人だなと思う。

けれど、私は別に魔力が低いことを卑下していないいんだけどな。

そう考える私の前で、兄が言葉を続けた。

「私の常識では、3要素の一つでも一致しなければ魔術は発動しないのだが、……ルチアーナは誤った手順にもかかわらず、魔術と同等の超自然的な力を発生させたのだ」

「……は？」

ジョシュア師団長は壁から背中をおこし、まっすぐ直立すると、腕を組んだまま間が抜けた声を上げた。

それから、師団長は全く意味が分からないといった風に眉根を寄せると、まっすぐに兄を見つめる。

対する兄は、真面目くさった表情で言葉を続けていた。

「兄馬鹿かもしれないが、私は思ったのだ。妹は魔術の超天才で、これまでとは原理原則が異なる新たな魔術を編み出したのではないかと」

「おい、サフィア？　お前は何を言っているんだ……？」

いよいよ意味が分からないといった風に顔をしかめる師団長を見て、これは兄が悪いと思う。

言っていることに間違いはないのかもしれないけれど、内容が非常識すぎるので、もう少し表現を考えるべきではないだろうか。……とはいっても、兄は全て分かったうえで、わざとやっているのだろうけれど。

続けて、兄は全く理解できていない様子の師団長に構うことなくラカーシュを振り返ると、同意を求めるかのように問いかけた。

「ラカーシュ殿、君も妹の力を目撃したな？」

話を振られたラカーシュは静かに頷くと、兄の言葉を肯定した。

「ああ。私もその場に居合わせたが、ルチアーナ嬢が魔術発動時に口にしたのは、『風魔術──風花』という一言だけだった。その言葉を契機に渦巻く風が発生し、見事なコントロールで凶悪な魔物を空中へ持ち上げて移動させたのだ」

そこでラカーシュは一瞬、躊躇《ちゅうちょ》したけれど、何事かを決意したかのような表情で言葉を続けた。

「『先見』の能力を受け継ぐ一族として発言する。恐らくルチアーナ嬢は運命を覆せる。……サフィア殿の話に乗るならば、ルチアーナ嬢は魔術の超天才で、因果律を前提とする世界の法則に反することができるのだ」

「……お、前らは何を言っているのだ!!」

いよいよ我慢ならないといった様子で、ジョシュア師団長が大声を上げた。

「魔術は世界とつながるルールだ！　必ず定められた法則に従う必要があり、天才だろうが超天才だろうが、その法則からは逃れられない！　もしも、その法則に反することができるというのならば、それは…………」

「うむ、それは？」

大声で叫んでいたジョシュア師団長が途中で言いさし、目と口を大きく開けたまま停止したため、先を促すように兄が言葉を差し挟んだ。

けれど、師団長は一言も発することなく、驚愕の表情のまま視線だけを動かすと、真面目くさった表情の兄を見やった。

師団長はしばらくの間、そのまま兄を見つめていたけれど、兄の表情から何かを悟ったのか、同様に視線だけを動かして今度はラカーシュを見つめ、何事かを決意したかのような彼の表情を見てごくりと唾を飲み込んだ。

「おま、お前ら……正気か？　お前らは本当に……冗談だよな？　そんな存在はあり得ない!!」

「うむ、何がだ？」

「魔術のルールを無視して、同様の超自然的な力を発生させただと？　因果律を無視して、定められた運命を覆せるだと!?　そんなことができる存在は一つだけだ!!」

「そうだな」

「世界中を探しても一つしかない！」

「そうだな」

「『開闢記』に記載される『四星』よりも貴重な存在だ!!」

「そうだな」

ジョシュア師団長の言葉を全て肯定する兄を見て、あるいは何一つ否定しないラカーシュを見て、師団長は信じられない様子で首を振った。

「『魔法使い』……なのか？　ルチアーナ嬢は、『世界樹《ユグドラシル》の魔法使い』だと、お前たちは言っているのか？」

掠れたようなジョシュア師団長の声を聞いたオーバン副館長とルイスが、驚いたようにソファから立ち上がる。

けれど、ウィステリア三兄弟に囲まれた兄は、相変わらずとぼけたように首を傾けただけだった。

「さて、それが分からないから師団長に質問しているのではないか。魔術3大要素の手順を間違えても超自然的な力を発生させることができるルチアーナは何者かと？　……だが、そうか。兄馬鹿な私は妹が魔術の超天才かと思ったが、妹はそんなものではなく、『世界樹《ユグドラシル》の魔法使い』だと師団長は言うのだな」

ぽつりとつぶやいた兄の言葉は、部屋中に波紋のように広がった。

◇　◇　◇

「……いいだろう！　私の発言を聞いても、サフィアもラカーシュ殿も全く驚いていないところを見るに、2人とも既に同じ結論を出していただろうに、私に発言の責任を押し付けようとしているところは敢えて見逃そう！　それよりも、それよりもだ！」

ジョシュア師団長は吐き捨てるように言葉を発すると、私に向かって大股で近付いてきた。

それから、私の両手を摑んできた……ので思わずソファから立ち上がると、うっとりと夢見るような表情で囁《ささや》かれた。

「ああ、ルチアーナ嬢。あなたは本当に……？」

……くっ。またもや、師団長お得意の、大事な部分を省略する会話の再現ですよ。

そんな夢見るような表情で、どうとでも解釈できるような言葉を囁いたら、何を妄想されたとしても自業自得ですからね！

そう心の中で文句を言う私を知らぬ気に、師団長はきらきらと輝く瞳で私を見つめてきた。

その高揚した表情は、たとえるならば決してお目にかかることがないと思っていた絶滅生物に出会ったかのようだった。

……いいえ、違います。私が魔法使いであるというのは、何の根拠もない兄とラカーシュの推測ですよ、と答えようとしたけれど、私が口を開くよりも早くラカーシュが近付いてくると、ジョシュア師団長の手から私の手を引き離し、丁寧ながらもきっぱりとした口調で言い切った。

「ジョシュア殿、むやみにご令嬢のお手に触られませんよう」

突然の横槍を入れられた形になった師団長はぽかんとしてラカーシュを見つめたけれど、すぐに何かを納得したかのように頷いた。

「……なるほど。難攻不落のラカーシュ殿が不治の病にかかったことを不思議に思っていたが、相手がおとぎ話の登場人物なら納得だ。彫像を人間にしたのは、皮肉にも人の理《ことわり》の外にあるものだったのか」

「ジョシュア師団長？」

突然、何事かを口の中でつぶやき始めた師団長が心配になり声を掛ける。

すると、師団長はじっと私を見つめてきた。

「……ラカーシュ殿の発言から推測すると、あなたが運命を覆す場面に、彼は出くわしたのだろうな。なんともまあ、人生に2度は訪れないほど、衝撃的な出来事ではないか。ああ、魂ごと持っていかれるのも理解できる……」

ジョシュア師団長はラカーシュに向き直ると、摑まれたままであった手をぐっと握り返し、真摯な表情で言葉を返した。

「ラカーシュ殿、君たち限りにしたかった秘密を共有してくれたことに感謝する。が、君にとって大事な存在である彼女は、今や私にとっても同様に大事な存在となったのだ。私にも彼女を共有させてほしい」

師団長の言葉を聞いたラカーシュは僅かに目を眇めると、異議ありとばかりに反論した。

「私が思うのと同程度に、彼女があなたにとって大事な存在になっただって？　――あり得ない話だ」

ラカーシュの冷ややかな言葉とともに、部屋の温度までが下がったかのように感じる。

……あ、あら？　今まで穏やかに話をしていたはずなのに、なんだかバチバチとした対立関係になったように見えるのだけど？

どうしてこうなったのかしら、と首を傾げていると、のんびりとした兄の声が響いた。

「さて、師団長殿。今の発言からいくと、師団長は自ら真偽を確認することなく、私やラカーシュ殿の言葉のみで妹の存在を確定したということでよいのかな？」

兄の言葉を聞いた師団長は、諦めたかのように大きなため息をついた。

「その通りだ、サフィア。今回の案件は、普段通りの手順を取れるものではない。考えてもみろ。『世界樹《ユグドラシル》の魔法使い』を目の前にして、『存在をご証明ください』などと不敬な発言ができるわけがないだろう。それに、お前はくだらない冗談は星の数ほど言うが、この手の冗談を言うことは決してない。お前の言葉を正しく解釈すると、ルチアーナ嬢が『世界樹《ユグドラシル》の魔法使い』でなかったとしても、新規魔術の開発者ということだ。どちらにしても、計り知れないほど価値のある存在に間違いはない」

「ふむ……」

兄が腕組みをして何やら考えている間に、立ち上がっていたオーバン副館長とルイスが私の目の前まで近寄ってきた。

何か用かしらとよそ行き用の笑顔で微笑むと、オーバン副館長はジョシュア師団長と同様に、きらきらとした目で見つめてきた。

「ああ、ルチアーナ嬢、今日は記念すべき日です！　私の心臓は興奮のあまり、今にも破裂しそうですよ！　魔法使い、魔法使いですって!?　そんな貴重な存在が実在したなんて！　そして、今、私の目の前にいるなんて！　ああ、これほどの幸運を手に入れるほどの善行を、私は積んだのでしょうか？」

オーバン副館長の隣に立つルイスは、興奮して顔を赤らめる兄とは対照的に青白い顔をしていた。

「ルチアーナ嬢が魔法使い……。だから、ダリルは……」

思い思いの言葉を口にしながらも、揃って私が稀有な存在だと受け入れる男性陣を見て、私は1人困っていた。目を覚まさせようと口を開く。

「ウィステリア公爵家の皆様に進言しますけど、魔法使いなんて話は、あくまでお兄様とラカーシュ様の推測ですよ！　何の根拠もありませんから！　そして実際に、私はそんなすごい存在ではありませんから！　お兄様たちの思い込みなんですよ」

そう必死に訴えたけれど、しょせんは学園の劣等生の言葉だ。

学園の優等生である兄やラカーシュの言葉が優先されるのは当然で、私の言葉を聞いても誰一人として考えを改めようとはしなかった。

ええ、ええ、優等生の言葉を信じる皆さんの態度は至極当然ですよ、はい。

そう心の中でむくれる私の声が聞こえたわけでもあるまいに、兄が取りなすかのような言葉を続けた。

「ルチアーナ、お前が何者であるかという意見については調整するのが難しいため、ここでは省略しよう。どのみち、真実はおのずとつまびらかにされるものだからな。意見の統一がより容易そうなものといえば……『四星』か？」

そう言うと、兄はまるで空を仰ぎ見るかのように天井を見上げた。

奇しくも見上げた応接室の天井には、満天の星が描かれてあった。

「『四星』は世界樹《ユグドラシル》の守り手だ。世界樹《ユグドラシル》を中心に、それぞれ東西南北を守る監視者《ガーディアン》であり、守護者《ガーディアン》でもある。彼らの目的はあくまで世界樹《ユグドラシル》を監視し守護することなので、その手段が人間にとって害になるかどうかで、『悪しき星』か『善き星』かに分けられる」

「なるほど……」

お兄様は本当に物知りだわねーと思いながら、深く頷く。

「一方、『世界樹《ユグドラシル》の魔法使い』は、………『四星』の存在を知らない市井《しせい》では、『世界の安寧を保つために世界樹《ユグドラシル》の守り番をしている』とおとぎ話の中で伝えられるほど、『四星』と同一視されているが、……実際の役割はよく分かっていない」

兄はそこで言葉を切ると、確認するかのようにオーバン副館長を斜めに見つめた。

オーバン副館長は兄の視線を受け止め、諦めたように目を瞑る。

「はあ、もう、第一級の秘匿情報がこんなにだだ漏れしているのだと教えていただいただけでも、晩餐会に参加した意味がありましたよ。同時に、図書館員としての私の価値はだだ下がりですけど」

「気にするな、オーバン。サフィアが少しおかしいだけだ」

ジョシュア師団長が慰めるかのように、オーバン副館長の肩に手を置いた。

オーバン副館長はため息をつくと、サフィアお兄様に向かって小さく頷く。

「サフィア殿、あなたのおっしゃる通りですよ。あくまで推測の域ですが、『魔法使い』は『四星』のように絶対的に世界樹《ユグドラシル》を守る存在ではなく、もっと自由に世界樹《ユグドラシル》と関われる存在ではないかと考えられています」

それから、オーバン副館長は頭痛がするとでもいうかのように片手を額に当てると、言葉を続けた。

「問題にすべきは、『四星』はどの時代にも必ず存在しますが、『世界樹《ユグドラシル》の魔法使い』はごく稀にしか存在しないということです。このことが意味するのは、彼の魔法使いに大きな役割はなく、『四星』のように常に必要な存在ではないということなのか、あるいは、世界の流れの中で重要な役割が課される時にだけ必要とされる存在なのか……」

◇　◇　◇

どんどんと大袈裟な話になりつつある状況の中、私は1人顔を強張らせていた。

時間が経つにつれて、ジョシュア師団長の言った通りだったとの気持ちが強まってきたからだ。

陸上魔術師団長、国立図書館副館長、魅了の一族、先見の一族、『東星』の契約者……そうそうたるメンバーだ。

何事かの秘密ごとを語らうにはうってつけの重要人物たちの会合で、お兄様の言っていたような、楽しい家族同士の食事会では初めからなかったのだ。

それなのに、『全員が恐ろしく高位貴族で、恐ろしく美形だわ』などと浮かれたような感想を言っていた私は間が抜けていたと言わざるを得ない。彼らの真価は、その身分でも外見でもなかったというのに。

……どうしよう。なぜだか全員一致で私が魔法使いという稀有な存在だと思い込んでいるけれど、私は絶対にそんな存在ではないと思う。

確かに昨日、フリティラリア城でちょっとだけおかしな魔法もどきを使いはした。

魔術のルールに反したと言われれば、そうかもしれない。

けれど、たった1度の魔法もどきを披露したからといって、魔法使いに認定するのは早計ではないだろうか。

何らかの偶然が重なって、普段では発動しない魔術が発動してしまったと考える方が、私が魔法使いだと考えるよりも自然だと思うのだけれど。

そもそもあれが魔法だったとして、『もう1度やってみろ』と言われても再現できる気がしないのだから。

魔法使いについての知識も自覚もなく、魔法の使用方法も分からない私が魔法使いであるという結論は、誰が聞いても無理があると思うのだけれど……。

そう考えていると、兄が片手を振った。

「世界のルールを破棄できるほどの力を与えられた存在だ。魔法使いに役割がないとは考え難いが……情報が少なすぎて、推測するのも難しいな。この件については、今後、実地でデータを収集しながら、推論を補強していくしかないだろう」

兄は私をちらりと見ながらそう結論付けると、ジョシュア師団長を振り返った。

「さて、それでは情報が出揃ったので、大元の話に戻すとしようか。……『東星』がルチアーナに手を出した理由として可能性が高いものは二つだ。一つ目は、再三話したとおり私との魔力供給契約の終了を惜しんだがゆえの行為ではないかということ。そして、二つ目は、妹が魔法使いだということだが……」

そこで一旦言葉を切ると、兄は考えるかのように片手を顎に当てた。

「情報を補足しておくと、『コンラート』が獣から人間に変態した日の昼に、ルチアーナは魔法を使っている。うむ、このタイミングであることを考えると、ルチアーナ自体が目を付けられた可能性が高いな」

「サフィア、またお前は重要な情報を後出しして！　お前の言う通り、間違いなく理由は2だろう。あるいは、1との混合かもしれないが、2が主な理由であることに間違いないはずだ」

ジョシュア師団長は諦めたように言葉を継いだ。

兄は小さく頷くと、真面目な表情でジョシュア師団長を見つめた。

「これでルチアーナの瞳に入れられた印の二つは推測がついたな。最後の一つ、『ウィステリア公爵家』の印についてだが、……推測するに、『東星』に『魅了』の力はないと思われる。魅了持ちであるならば、印を入れるようなまどろっこしいことをせず、直接仕掛けてくるはずだからな。さて、東星が魅了持ちでないとすると、ルチアーナに魅了を掛けるため、能力保持者の介在が必要なのだが」

兄はそこで一旦言葉を区切ると、ちらりとルイスを見つめたが、ルイスは真っ青な顔をして俯き、顔を上げようとはしなかった。そのため兄が言葉を続ける。

「ルイス殿からウィステリア公爵家の魅了の能力は、1代に1人しか継承されない稀有なものだと聞いた。そして、今代でその能力を引き継いだのは、ルイス殿の弟であるダリル殿だと」

「ああ、それは間違いないが……」

兄の言いたいことが分からないようで、ジョシュア師団長は眉根を寄せて兄を見た。

「つまり、ダリル殿であれば『ウィステリア公爵家』の印が使用できるし、魅了の魔術も行使できるということだ」

はっきりと歯に衣着せぬ物言いをした兄に対して、ジョシュア師団長は信じられないといった様子で声を荒らげた。

「あり得ない！　あれはとっくに亡くなった！　既に静謐《せいひつ》な眠りの中にいる！」

対する兄は否定するかのように首を横に振ると、平静な声を出した。

「関わりの可否を生と死で分けるのは、人間の理だろう。『四星』は私たちとは全く異なる理の中で生きている」

兄の言葉を聞いたジョシュア師団長は、しばらく黙って兄の言葉を整理していたようだったけれど、やがて諦めたかのようにぽつりと言葉を零した。

「つまり、サフィア、お前は……ルチアーナ嬢に術をかけた術者は、ダリルだと言うのだな？」

◇　◇　◇

「サフィア、お前の話は荒唐無稽に聞こえるが、話の筋に齟齬《そご》はない。……は！　まさか『東星』が死者をも担ぎ出すとは、考えもしなかったがな！　だが、静謐な眠りの中にある私の弟を、その意に反して使役したのならば、相手が『四星』といえども見過ごせない蛮行だ」

ジョシュア師団長はぎりりと奥歯を噛みしめると、悔し気に顔を歪めた。

それから、はっと何かに気付いたかのように私に向き直ると、真摯な表情で見つめてきた。

師団長は片手を差し出して私の片手を取りかけたけれど、再びラカーシュと無用な争いになることを恐れたのか、途中で思い直したかのように手を下げ、結局は私の手を取ることなく口を開いた。

「ルチアーナ嬢、あなたの瞳に入っている印が我がウィステリア公爵家のものであることは間違いない。そして、サフィアの推測から、実際に我が一族の者が関わっている可能性が高いことが分かった。……心は自由であるべきだ。それなのに、あなたの意思に反して心を操っているとしたら、あり得べからざる出来事だ。我が一族はできる限りの手段でもって、あなたの魅了の解除に尽力することを約束する」

「ありがとうございます」

私はぺこりと頭を下げると、お礼を言った。

本家の長男というのは大変だなと、少しだけジョシュア師団長に同情する。

直接本人が犯したことでもないのに、一族の者が犯した罪は、全て彼が被らなければならないなんて。

それから、魔術師団の一員であることは、苦労が多いんだろうなと同情する。

ラカーシュは正しいと思ったことを心のままに行動するけれど、ジョシュア師団長は意見が対立した場合、正しいか正しくないかの基準だけでは判断せず、妥協して相手に譲ることを知っているのだ。

ラカーシュもジョシュア師団長も同じように貴族の頂点に位置する公爵家だというのに、ジョシュア師団長の方が苦労性だわ。

まあ、だからこそサフィアお兄様の面倒も見てくれるのだろうけれど。

そう考えながら、一連の事情説明が終わったことにほっとし、私は再びソファに腰を下ろした。

不明な点も多いけれど、分かっていることを説明されただけでも、何も知らなかった頃の気持ち悪さが随分解消され、心が楽になったからだ。

くたりとソファにもたれかかっている私を見て、兄が片方の眉を上げる。

「疲れたか、ルチアーナ？　もう夜も更けた。この時間から学園の寮に戻るのも一苦労だろうから、今夜はウィステリア家に泊まっていくことにするか？」

「へ？　いえいえ、そんなご迷惑は掛けられませんよ」

慌てて立ち上がろうとすると、ジョシュア師団長から片手を上げて制止された。

「もちろん、全く迷惑ではない。このようなこともあろうかと、既に客用寝室をいくつか準備させている。……誘惑するわけではないが、我が家の朝食に出るシュガートーストは絶品だ」

「えっ!?　シュガートーストですか？　まあ、それは、美味しいシュガートーストというのは、本当に美味しいですよね!!」

「ルチアーナ嬢……」

勢い込んでシュガートーストに釣られていると、こんな簡単なことで私が誘惑されるのかとでも言いた気な、残念そうな表情でラカーシュから見つめられた。

……ごめんなさいね、ラカーシュ。私は案外簡単なのよ。そして、甘い物に弱いのです。

「ルチアーナ、お前の一言でフリティラリア筆頭公爵家の朝食の定番が変わるぞ」

兄からは面白そうにぼそりと囁かれたけれど、何を言っているんですか、そんなに簡単にそれぞれの家が守っている定番メニューは変わりませんよ。


――――それからすぐに晩餐会はお開きとなり、その場の誰もが、その夜はウィステリア公爵家に宿泊することになった。

何と言うか、突然のお客様を何人も泊めることができる館って凄いわよね。

館が広いことはもちろんだけれど、常に多くの部屋が手入れされているということだから。

私は侍女たちの手によってドレスを脱がされると、用意してもらった新品の夜着とガウンに袖を通した。

それから、窓に近寄って外を眺めると、真っ暗な夜空にしんしんと輝く月が見えた。

ふと、この月をコンラートも見ているのかしらと思う。

可愛い可愛い私のコンちゃんは弟にしか思えないけれど、弟ではなく、そもそも人間ではないかもしれないという。

それどころか、私が誤認しているのは、亡くなったウィステリア公爵家の四男であるダリルによって魅了の術を掛けられた結果であり、その背後には世界樹《ユグドラシル》の守護者である『四星』の中の一星がいるのだという。

……この世界は本当に乙女ゲームの世界なのかしら？

登場人物は乙女ゲームの中の人物と一致してはいるけれど、『四星』だとか『世界樹《ユグドラシル》の魔法使い』だなんて難しい設定は一切出てこなかった。

私の理解を超えているわと思った私は、これ以上考えても無駄だと、すぐにベッドに入ったのだった。

◇　◇　◇

「ルイス、魔術の練習をしないの？」

背中を向け、自室の隅にしゃがみ込んでいる5、6歳の男の子に向かって、私は戸口から声を掛けた。

声を掛けながら、あ、これは夢だわと気付く。

不思議なことに、夢を見ている最中は決してそれが夢だと気付かないものだけれど、私ははっきりとこれが夢だと気付くことができた。

それも、夢の中の私は私でない人物だった。

「……ダリル」

振り返った幼いルイスが、私をそう呼んだ。

ダリルというのは、6歳で亡くなったウィステリア公爵家の四男の名前だ。

どうやら私は夢の中でダリルになっているらしい。

まあ、不思議な体験だわと思いながら、ルイスの前にしゃがみ込む。

「どうしたの？　魔術の練習はつまらない？　だったら、僕が……」

ルイスの顔を覗き込みながら口を開いたけれど、最後まで言い終わる前に、ルイスが強い口調で言葉を被せてきた。

「放っておいてよ！　どうせお父様もお母様も、僕には興味がないんだから！　そして、絶対にダリルと同じようにはできないいんだから!!」

ルイスの言葉を聞いた瞬間、胸がつきりと痛む。

……ああ、ごめんね、ルイス。

僕が遅く生まれたばっかりに。

魔力は重い。下に下に沈んでいく。

だから、魔力のほとんどは、遅く生まれた僕に沈殿してしまった……2人で平等に分けるべきだったのに。

「ルイス、じゃあ、今日は僕も魔術の授業をお休みするよ。だから、一緒に遊ぼう？」

「えっ……」

僕の言葉を聞いたルイスの顔がくしゃりと歪む。

（……ああ、笑っていてほしかったのに。僕の顔が歪んでしまった）

歪んでいるのはルイスの顔だというのに、なぜだか自分の顔が歪んだような気持ちになって、ふと後ろを振り返る。

振り返った先の壁には大きな鏡が貼ってあり、ルイスと僕を映しこんでいたのだけれど、……不思議なことに、その鏡に映っていた僕は、ルイスとほとんど同じ大きさで、同じ顔をしていた。

「同じ……？」

不思議に思ってぽつりとつぶやくと、ルイスが怪訝そうに僕の顔を覗き込んできた。

「同じに決まっているだろう。僕たちは双子なんだから」

――瞬間、全てのことが腑に落ちた。

ああ、そうだ。僕らは双子だった。

同じ時期に、同じ胎《はら》に入っていた双子。

だからこそ、誰よりも愛しくて、誰よりも仲が良い2人であるはずなのに……。

――なのに、そうなることは叶わなかった。

生まれた瞬間から僕らは分けられ、全く異なる生活を強いられたのだから。

……ねえ、ルイス。僕が満足していたなんて決して思わないで。

僕はお前に笑っていてほしかった。

いつだって、幸せでいてほしかった。

――そうでなければ、僕らが分かたれた意味がない、と思っていたのだから。

ルイス、お前と僕は別のモノだ。

だから、僕が笑っているだけでは、お前は幸せになれない。

お前が幸せになるためには、お前自身が笑う必要があるのだ。

「そう……あの日、僕は気付いてしまったから。僕らは別のモノだって。だから僕は……」


――私はそう声に出し、そんな自分の声で目が覚めた。

「あ、あれ？　夢……？」

言いながらぺたぺたと自分の顔や体を触ってみると、指先が触れたのは確かに私、――ルチアーナの体だった。

そして、段々と目が覚めてくる。

「ええと、ルイスの弟のダリルになった夢を見た？　……というか、ルイスとダリルは双子だったのね。誰もが『ダリルは4男』だとか、『ダリルはルイスの弟』だとしか言わないから、双子だとは思わなかったわ」

私は思いつくまま、次々と言葉を口に出した。

夢の中でダリルであったことは不思議な体験だったけれど、今見たものがただの夢だとは思えなかった。

――多分、実際に、ルイスとダリルは双子なのだろう。

ルイスとダリルが生まれた家に宿泊したことで何らかの影響が及ぼされ、不思議な夢を見せられたのかもしれない。

「双子……」

私はもう1度、ぽつりとつぶやいた。

双子については詳しくないけれど、一卵性双生児だとしたら、元々一つのものが二つに分かれた形になるはずだ。

この世界に魔術や魔物があるように、前世の世界とは少しだけ造りが異なっている。

そのことは、双子という存在にどう影響しているのかしら……、あるいは全く影響していないのかしら。

そう考えながら、上半身をベッドから起こす。

カーテン越しにうっすらと光が差し込んでいるのを見て、明け方の時間かと思ったからだ。

そうして、ぼんやりと考えごとをしながらカーテンを開けると……窓の外に見えたのは、昇り始めの太陽ではなく、燃えるような緋色の髪をした女性だった。

くるりくるりと色んな方向にカールした鮮やかな緋色の髪を長く伸ばした女性が、地面から2メートルほどの高さの空間に浮いていた。

どういった状態なのか、その緋色の髪が月光に照らされることによって、周りの空間を明るく輝かせており、その明るさをカーテン越しに見た私は日の出と勘違いしたようだった。

けれど――その時の私にとって、そんなことはどうでもよかった。

なぜなら、緋色の髪の女性はぐったりとした状態の男性を腕の中に抱えており、そのことに気付いた途端、その男性のこと以外はどうでもよくなってしまったからだ。

意識がない状態で抱えられていた男性の顔立ちは見えなかったけれど、長めの青紫の髪と投げ出されたすらりとした手足の具合から、それが誰なのかを教えられるまでもなく理解する。

「お兄……様……」

私の掠れた声が聞こえたわけでもないだろうに、その女性はついとこちらに視線を向け、一瞬目が合った。

瞬間、私の喉からひゅっとした音が漏れる。

――その女性の肌はどこまでも白く、整った貌は陶器人形のような人間ならざる静謐な美しさを持っていたからだ。

彼女の肌の白さは、人の血が通っているものとは思われず……、だから、彼女は間違いなく……。

けれど、私が何事かを結論付けるよりも早く、その女性は何の興味もない様子で私から目を逸らすと虚空を見つめ、――次の瞬間、ふっと目の前から消えた。

まるで、初めから何もなかったかのように。一切の痕跡を残さずに。

腕の中のサフィアお兄様ごと。

それはまるで、深夜に見た悪い夢のようではあったけれど、決して夢ではあり得なかった。

その証拠に、がくがくとした震えと気分の悪さがおさまらない。

私は這うようにして、与えられた寝室から廊下に出て、お兄様の部屋へ向かったけれど、……悪い予想通り、目に入ってきたのは開け放たれた窓と空っぽのベッドだけだった。

――その日、お兄様は完全に私の前からいなくなってしまった。

サフィアお兄様の能力観察

エルネスト王太子、ラカーシュ、サフィアお兄様……。

私の周りにいる人物を数え上げてみると、間違いなく前世でプレイしていた乙女ゲーム『魔術王国のシンデレラ』の登場人物たちばかりだ。

「ハイランダー魔術王国」、「リリウム魔術学園」もそう。ゲームの中でしか見たことがない固有名詞だ。

だから、私が今いる世界は、乙女ゲームの世界で間違いないはずなのだけれど……。

私は本を読む振りをしながら、ちらりと目の前に座るサフィアお兄様を覗き見た。


先ほど廊下を歩いていると、突然、高尚なことをしてみたくなった。

やったわ、学習意欲というのはこうやって湧いてくるのね、と嬉しくなって、図書室で小難しいタイトルの本を借り、小脇に抱えて応接室に入室したところ先客がいた。

サフィア・ダイアンサス。私の3歳上の兄にして、ダイアンサス侯爵家の嫡子だ。

兄もどうやら本を読みたい気分だったようで、1冊の本を手にソファに座っていた。

私は断りを入れて兄から離れたソファに座ると、持ってきた本を読み始めたのだけれど、……志高く『経済と魔術の相乗効果』という本をセレクトしたのが間違いだった。

経済も魔術もどちらもよく理解していないのだから、その二つをミックスした内容が書いてある本なんて理解できるはずもなかったのだ。と、本を読み始めて3ページで気が付いた。

5分前の私に、あなたの志はもっと低く持つべきだ、その本は理解できない、とアドバイスしてあげたい。

『読み進めることが苦痛だわー、でも、今すぐ読書をやめて退室すると、お兄様が嫌で部屋を出るみたいだし』などと考えながら、先日から覚えている違和感について思考を飛ばす。

……エルネスト王太子、ラカーシュ、サフィアお兄様、……と、周りの人物を見るに、ここがゲームの世界なのは間違いないはずなのだけれど……。

私は本を読む振りをしながら、ちらりと目の前に座るサフィアお兄様を覗き見た。

兄はゆったりとソファに体を預けながら片手に本を持ち、時折ページをめくっていた。

長めの青紫色の髪がさらさらと肩から零れ落ち、伏せられた長いまつ毛の下から白銀の瞳がうっすらと見える。

兄の顔が恐ろしく整っていることに疑問の余地はなく、長身でバランスの良い体全体を目にすると、美の完成形を見せつけられたような気持ちになった。

そう、兄が美しいことは反論できない歴然とした事実だ。

そのことについて異議をとなえるつもりはないけれど、……けれど、外見が整っただけの、見掛け倒しの人物であるはずなのに。

これは一体どういうことなのかしら、と不思議に思って首を傾げる。

ゲームの中のサフィアお兄様は、明らかに出来が悪かった。

そもそも兄のスペックは「悪くない」というレベルだったし、努力をしないことで格下の者からも追い越され、学園では完全なる劣等生だった。

にもかかわらず、実際のお兄様はどうかと考えてみると、フリティラリア公爵家での活躍を見るに、スペックは「悪くない」どころか、「最上級」レベルだ。

あれー？　ゲームの中のサフィアお兄様と言えば、努力嫌いで享楽的、近寄る相手が必ず損をする、ろくでもない人物だったはずなのだけれど？

そして、ゲームでは、通るルートによって登場人物の言動が変わったりはしたけれど、根本的な能力まで影響が出ることはなかったのだけれど。

そう不思議に思いながら、本の陰からもう1度こっそりと覗き見ていると、サフィアお兄様は本に視線を落としたまま口を開いた。

「それで？　結論は出たか？」

「ふ、ふぇ？　け、結論とは何のことでしょうか？」

まさか覗き見がバレているとは思わなかったため、突然話しかけられたことにどぎまぎしながら問い返す。

すると、兄は視線を上げて私を見つめてきた。

「やあ、先ほどから穴が開くほど私を観察していたではないか。それで、お前の結論はどうなった？　いち、『サフィアお兄様よりも整った美形を、思い浮かべることができないわ』。に、『サフィアお兄様の妹に生まれて、幸せだわ』。さん、『偶然にも同じ本を読んでいるわ。本を読むのをやめて、後からあらすじを教えてもらおう』。さあ、どれだ？」

「えあ？　お、同じ本？」

最後の言葉に驚いて、兄が手に持っていた本の背表紙を確認すると、確かに私が持っている本と同じタイトルだった。

すごい偶然だわと思いながらも、いや、そうではない、こうやって話がずれていくのだと、慌てて兄の質問に答える。

「ど、どれもハズレですよ！　フリティラリア公爵家では有能そうに見えたけれど、いつメッキが剝がれて、本来の出来の悪さを露呈するのかと考えていたんです！」

答えた瞬間、しまった、歯に衣着せなすぎたと、慌てて両手で口を押さえたけれど、時すでに遅く、微妙な雰囲気が漂ってしまう。

……違う、違うわ！　これでは、お兄様に対して大変失礼な物言いになってしまうじゃない。

そう考え、一瞬で自分の発言を後悔する。

思い返してみると、フリティラリア公爵家での兄は、自分の身すら省みずにラカーシュ兄妹を救おうと尽力しており、非常に立派な態度だった。

いくら兄に偽悪的なところがあって、感謝されることを厭《いと》うからと言っても、今の私の言葉は酷すぎる。

「も、申し訳ありません、お兄様！　言葉が過ぎましたわ。お兄様の態度はもちろんご立派でした。私が言いたかったのは、お兄様の態度ではなく基礎能力の話でして、フリティラリア公爵家でのお兄様があまりにも高度な魔術を扱っていたので、驚いたと伝えたかったのです」

兄は気にした風もなく、もごもごと言い訳を言う私を見つめていたけれど、私の言葉が途切れると面白そうにふっと笑った。

「なるほどなぁ、お前はその考え方がダメなのだ。フリティラリア公爵家での私を有能そうだと認識した時点で、全てを見誤っている」

「え？」

「あれほどの魔術、子どものお遊び程度だ。お前は魔術の天井をしらないから、あれしきの魔術をすごいものだと誤認してしまうのだな。うむ、ひとえにお前の勉強不足が原因だ」

兄の言葉を聞いた私は、ぽかんとして兄を見つめた。

……何を言っているのだ、サフィアお兄様は？

フリティラリア公爵家で、兄は学生の身でありながら、上級魔術を行使していた。

魔術は初級、中級、上級の三つに分類できるけれど、学園で学ぶのはあくまで初級の魔術のみだ。自分の属性の初級魔術全てを卒業までに習得できる生徒ですら一握りだというのに、お兄様は最上位の上級魔術を行使したのだ。

それがどれ程すごいことなのか、きちんと理解していないのだろうか？

訝し気に見つめる私の気持ちなど知らぬ気に、兄は何かを思いついたかのように目を細めた。

「やあ、そう言えば、フリティラリア公爵家のセリア嬢は『先見』の能力に恵まれているのだったな。私にはそんな能力など一欠片もないが、それでも読める未来はある。……よし、ルチアーナ、出掛けるぞ」

「へ？　ど、どこにですか？」

突然立ち上がった兄の行動が理解できず、目を白黒とさせていると、兄は悪戯《いたずら》を思いついたような表情でにやりと笑いかけてきた。

「観劇のチケットが手に入ったのだ。この間のラカーシュ殿の様子では、近々お前は彼と一緒に観劇を見に行くことになるだろう。本気になったラカーシュ殿にお前が対抗できるとは、1ミリも思えないからな。だったらせめて、お前の1番くらいはもらっておこうと思ってな」

言いながら、兄は流れるような仕草で片手を差し出してきた。

淑女の条件反射として、思わず兄の手に自分の手を乗せる。

すると、兄はまるでお姫様を相手にしたかのような優雅な仕草で、私を立ち上がらせた。

「うむ、こうやって私の手を取るということは、長かったお前の反抗期も終わりを迎えたということだな」

「は、反抗期!?」

まさか兄は、悪役令嬢として傲慢の限りを尽くし、兄を完全に無視していたこの間までのルチアーナを、『反抗期』の一言で片づけてしまうつもりなのかしら?

驚いて兄を振り仰いだけれど、いつもの全く読めない表情で見つめ返されただけだった。

……ああ、やっぱりサフィアお兄様は底が知れないわね。

そのうえ、どんなに考察してみても、スーパーハイスペックにしか思えないのだけれど……。

そう考え、もう全く勝てる気がしなくなった私は、完全降服することにした。

つまり、兄が口にした観劇のタイトルが、見たくて見たくて堪《たま》らなかったものでもあったため、一緒に観劇に出掛けたのだ。

そうは言っても、兄の外出相手としての力量が不明だったため、できるだけ用心していたのだけど、実際の兄は話し上手で気配りができる、一緒に過ごす相手としては最高の人物だった。

私はたくさん笑ったし、満足したし、とても楽しい時間を過ごした。

けれど、夜にベッドに入った際、ふと気付いてしまう。

……あれ、もしかしたら、前世まで含めた私の初デートの相手は、サフィアお兄様ということになるのかしら、と。

一瞬、妙齢の女性としては微妙な気持ちがしたけれど、まあ、初デートの相手が兄というのは、元喪女の私らしいわねと納得する思いもあり、いつの間にか眠りについた。


――翌日、廊下でたまたますれ違った際、兄から呼び止められた。

何の用かしらと小首を傾げていると、親切なことに、先日読みかけていた本の内容について詳しく説明された。タイトルがかぶっていた例の本だ。

兄が物凄くかみ砕いて話をしてくれているのは分かったし、私は一生懸命聞いているというのに、どういうわけか説明されている内容が1割も理解できない。

これはさすがに不味《まず》いわねと、必死で理解している振りをしていたけれど、兄にはお見通しだったようで、すぐに説明を止められると、「お前はなぜあの本を読もうと思ったのだ?」と訝し気に尋ねられた。

「もちろん、あの本を理解できるような立派な人になりたかったんですよ! 私の志は高いのです!」

自信を持ってそう言い返すと、兄から真面目くさった表情で見つめ返された。

「……なるほどなぁ。ならばほら、お前の理想形は目の前にあるぞ」

「え?」

一瞬言われた意味が分からなかったけれど、面白そうな兄の表情を見て理解する。

……ええと、兄は自分こそが、私の理想の完成形だと言っているのかしら？

つまり、私はこの姿を目指している……??

私は無言のまま、兄の頭のてっぺんから足先まで視線を走らせた。

これが、……このサフィアお兄様こそが、私が目指している理想の完成形ですって!?

「………………」

私はにやにやと笑っている兄の顔を呆けたように見つめた後、はっとして自分を取り戻すと、本の説明をしてくれたことへお礼の気持ちを表すために頭を下げた。

それから、踵《きびす》を返すと、元来た廊下を急いで取って返した。

『私は何てものを目指していたのかしら！』……と、心から反省しながら。

――翌日から、身の丈に合わない本を読むことを、私はやめた。

ルチアーナ＆サフィアのリアル聖地巡礼「悪役令嬢断罪シーン巡り」

「えっ、勝った!?」

私は驚きをもって、兄がテーブルの上に投げ出したカードを見つめた。

「えっ、本当に？　に、23連敗の屈辱的な記録がストップしたわ！　お兄様、これで通算1勝23敗になりましたわ!!」

「やあ、ルチアーナ。記念すべき1勝ではあるが、全く誇れる結果ではないから、そう大声を出すものではない」

興奮する私とは対照的に、兄は冷静な様子でそう言うと、頬杖をついて見つめてきた。

「では、約束だからな。事前に合意していたように、明日は1日、お前に付き合おう」

「い、いいんですか？」

兄は時々、私とカードゲームをしてくれる。

とはいっても、あまり集中している様子はなく、私の様子を見ながらからかうような言葉を掛けてくるのが常なのだけれど、……そして、どういうわけか、『油断していると痛い目に遭うわよ！』

と真剣にプレイしている私の方が、負けっぱなしだったのだけれど。

でも、勝負は時の運だから、いつか勝てる時がくるわよねと思っていたところ、兄から『たまには何か賭けるか？　負けた方が勝った方に明日1日付き合う、というのはどうだ？』との提案を受けた。

何も賭けない時の「やる気のない兄VS一生懸命な私」でも負けているのだから、賭けをしてやる気が出た兄が相手になったら、勝てる見込みはゼロじゃないかしら、と諦めていたのだけれど、実際にプレイしてみると、何と私が勝ってしまった。

「はっ、もしかしてお兄様は賭けをすると、余分な力が入って負けるタイプなのかしら？」

「なるほど、面白い考察だな」

私の発言に対し、興味の薄い様子でそう答えた兄は、尋ねるように首を傾げてきた。

「それで？　ルチアーナ、お前は私に何を望む？」

「何でもいいのでしたら……」

私は言葉を切ると、ちらりと兄を見た。

兄は鷹揚《おうよう》そうな表情で私を見つめており、何でも受け入れてくれそうな雰囲気を醸し出している、

……ように見えた。

そのため、思い切って長年の野望を口にする。

「お兄様と学園巡りをしたいです！」

「ほう」

「その際、お兄様は私が用意した小物を身に着けてくださいー！」

「む？」

「ありがとうございます、お兄様!!」

自分の要求に相手を付き合わせ、かつ、相手があまり乗り気じゃない場合は勢いが大事だ、と知っている私は、兄の返事を肯定と捉えてお礼を言う。

それから、明日のために準備が必要なので、と兄に断ると、時間が惜しいとばかりに自分の部屋に戻った。


「うっふっふっふ、私の望みは何か、と問われたらもちろん一つよね！『聖地巡礼』に決まっているわ!! やったわね、ルチアーナ!!」

兄を上手く巻き込めたことにご満悦の私は、部屋に戻ると歓声を上げた。

――――『聖地巡礼』。

それは、アニメやゲームの舞台となった場所を「聖地」と呼び、実際に訪れることである。

そして、私の場合はゲームの世界に生まれ変わったのだから、……あらゆる場所がリアル聖地よね！

そう考え、私はにまにまと笑みを浮かべた。

前世において、聖地巡礼というイベント自体は体験済みだ。

友人とともに漫画やアニメの舞台となった施設やお店を訪問し、写真を撮ったりして楽しんだのだ。

けれど、私が夢中になったこのゲーム、『魔術王国のシンデレラ』のモデル地はヨーロッパのとある国だと言われていたため、さすがに巡礼は無理だなー、と諦めていたのだ。

それが、ゲームの世界に生まれ変わるなんて!

こんな体験は二度とないだろうから、思い残しがないように色々な場所を訪れないと。

そう意気込んだ私は、巡るべき聖地をリストアップするとともに明日のシナリオを作成した。

ゲームの内容を思い出しながら、ああでもない、こうでもないと、兄と私のセリフを書いていく。

段々と楽しくなり、満足いくものが出来上がった、と時計を見た時は、日付けが変わっていた。

眠るべきかなと思ったけれど、いや次は、と小物作りに着手する。

長年の夢が叶うかと思うと、興奮で手が止まらなかったからだ。

おかげで、完璧に準備ができたと喜びで顔を上げた時は、朝になっていた。

まあ、私は夜にたくさん眠るタイプなのに、夜なべをしてしまうなんて、この世界に対する愛が溢れているわ!

私は凝り固まった体をほぐすかのように一つ伸びをすると、制服に着替えた。

兄とともに馬車に乗り、学園に向かっていると、不審気な表情で見つめられた。

「ルチアーナ、なぜ休みの日だというのに、わざわざ制服を着て学園に戻るのだ？　確かにお前は学園巡りをしたいとは言っていたが、休みの日に学園を訪問するほど執着していたわけでもあるまい」

この質問は想定済みだ。

そのため、私は淑女らしい表情を作ると、用意していた答えを口にする。

「なぜなら、普段はどうしても学生の本分として学業を優先してしまい、学園のことはなおざりになってしまうからです。学業と切り離したところで、改めて学園を見てみたかったのです」

『聖地巡礼』という、私の行動を説明できる的確な単語はあるけれど、その単語を口にしても兄には意味が通じないだろうと、誤魔化すための言葉を発する。

殊勝な表情で俯く私を、兄は全く信じていない様子で見つめていたけれど、すぐに窓の外に視線を移した。

聞くだけ無駄だと思ったようだ。

そんな兄の様子を見て、さて、どうしたものかしらと考える。

私が考えた本日のシナリオは、それぞれの攻略対象者所縁《ゆかり》の場所を巡ることだ。

通常のゲームファンであれば主人公になりきって、主人公と攻略対象者がイチャコラするシーンの名所を巡りたいと思うものだろうけれど、何の因果か私は悪役令嬢であるのだから。

今の立場に胸を張るためにも、悪役令嬢としての聖地を巡礼しようと思い付いたのだ。

しかも、お兄様による攻略対象者たちの断罪セリフ付き（予定）だ。

題して『悪役令嬢断罪シーン巡り（攻略対象者の冷酷セリフ付き）』！

何てオリジナリティ溢れる良い企画だ、と私は1人でご満悦だった。

悪役令嬢の断罪シーン巡りなんて、リアル悪役令嬢である私だからこそ発案できた企画に違いない。

そして、恐ろしく顔がいいのに、どういうわけか攻略対象者に入っていない兄（恐らく、私が追放された際には侯爵家が取り潰しになるので、身分を失っては主人公の相手役としてふさわしくないと排除されたと私は推測している）と巡る企画。

兄が攻略対象者でないからこそ、避けることなく一緒に聖地を巡れるという好条件を利用した内容だ。

しかも、これを口にされたら攻略対象者たちの好感度は最悪で、没落寸前という珠玉のセリフを厳選して集め、シナリオを作成している。

ああ、そのセリフを兄が口にするかと思うと、楽しみで顔がにやけてしまう。

……と、私の中では興奮マックス状態だったけれど、兄にこの興奮は理解できないだろうから、突然この状態から始めたら、いきなりどうしたのだと兄から引かれるような気がする。

最悪の場合、馬鹿馬鹿しくて付き合いきれない、と兄が帰ってしまう可能性がある。

だから、コトはゆっくり進めないと……、と用心深く考えを巡らせる。

恐らく、少しずつ聖地巡礼を始め、違和感がない形で『断罪シーン巡り』にもっていくのが最適だろう。

そう結論付けると、私は「聖地リスト」と「シナリオ」には反するけれど、背に腹は代えられないと、兄に逃げられないよう一般受けしそうな聖地を口にした。

「お兄様、まずは『告白の泉』を巡りたいですわ」

邪気のない表情を装って微笑むと、兄は片方の眉を上げた。

「『告白の泉』？　いかにも女生徒が好みそうなネーミングではあるが、学園内に泉はないはずだ」

「ああ、ええと、人工の泉……噴水のことですよ。ほら、裏庭にひっそりとある噴水です」

「なるほど、『円形噴水』のことか」

まあ、なんてロマンの欠片もない正式名称なのかしら。

ゲームの中では、あの噴水の前で告白すると恋が叶うということで大人気だったのだけれど、ゲーム開始の1年前である現時点では、まだ有名じゃないのかしらね。

私は馬車から降りると、兄と共に『告白の泉』に向かった。

巡礼に必要なグッズを詰め込んだ50センチ四方の大きな箱を抱えて降りようとすると、兄から「本当にその箱は学園巡りに必要なのか？」と呆れたように問われる。

「もちろんですわ！　この箱の中身がなければ、本日の楽しみは半減します」

自信を持って答えると、兄はため息をついた後に箱を持ってくれた。

うん、結局、兄は紳士なのよね。


裏庭にある噴水は、とても素敵な雰囲気だった。

休みの日だけあって誰もおらず、静寂の中、木漏れ日の下できらきらと輝く水の流れを見ていると、とてもロマンティックな気分になる。

まあ、やっぱり聖地だけあって、素敵な場所だわね、と思っていると、兄も同じような感想を抱いたようで、少し納得したかのように口を開いた。

「なるほど、ルチアーナ。休みの日にわざわざ学園巡りとは何の気まぐれかと思ったが、普段とは雰囲気が異なるので悪くないな」

「そうでしょう。学園の静かな雰囲気を味わいたいと思ったんです」

私は心の中でガッツポーズをすると、じゃあそろそろいいわよねと、シナリオ通りに巡礼することにした。よし、まずは王太子編だわ。

「では、お兄様、次は階段ホールに行きましょう」

そう言うと、学舎《まなびや》の入り口を入ってすぐのところに広がる中央階段前のホールに移動する。

「やあ、ちょっと広いだけの普通の階段だな。見るべきものがあるかと言われると……」

何かを言いかけた兄を制すると、私は持ってきた箱の中から銀色のウィッグを取り出し、兄に渡した。

「お兄様、どうかこれを被ってくださいませ。お兄様の帽子を参考に私が作りましたので、サイズは合っていると思います」

「これは一体……、む、お前が作ったのか。……分かった」

目にした瞬間、顔をしかめて苦情を言おうとした兄だったけれど、私が作ったと聞いた途端に考えを改めたようで、素直に身に着ける。

「まあ……、お兄様は青紫の髪こそが最上だと思っていましたが、これはこれで素敵ですわ！」

本人の気分を上げるために褒めそやさなければと思っていたけれど、実際に似合っていたので、本気の褒め言葉が口から出る。

「あとは、クロスタイをこちらに付け替えてください」

そう言うと、私は銀色のクロスタイを差し出した。

学園の制服は全員共通で、胸元にはめるのは男性の場合クロスタイ、女性の場合リボンなのだけれど、その色はリリアムブルーが使用されている。

けれど、生徒の個性尊重という名目で、クロスタイとリボンの色は、生徒の髪色に合わせて変更することが可能となっていた。

そのため、上級貴族の子弟を始めとした生徒のほとんどは、自分の髪色に染めさせた専用のタイ、もしくはリボンを着用しており、もちろん、王太子も例外ではなかった。

兄は青紫のクロスタイを外すと、憐れむような表情で銀色のそれを手に取った。

「……お前、これはどう見ても王太子殿下の扮装だろう」

「えっ？」

「お前が殿下の後を付け回していたのは有名な話だし、誰が見てもすぐ分かる。……ルチアーナ、お前の取り得は踏みつけられてもへこたれない鋼の心臓を持っていることなのに、代役を立てたいと望むほど、殿下からすげなくされているのか？」

それから、兄は普段よりも優し気に見つめてきた。

「仕方がない、今日は1日お前に付き合う約束だからな。何なら殿下になり切って、甘いセリフの一つでも囁いてみるか？」

「えっ、いいんですか!?　だったら、このセリフをお願いします！」

鴨《かも》が葱《ねぎ》を背負《しょ》って来た、こんな好機は二度とないわ、と大喜びした私は、兄が冗談交じりに口にした言葉に飛びつくと、昨夜眠らずに作り上げたシナリオを渡す。

「既にセリフまで準備済みであったとは。ルチアーナ、お前は少し不憫《ふびん》……」

兄は憐れむような表情で言いかけたけれど、シナリオを目にした途端、途中で言葉を呑み込んだ。

そんな兄に対し、私は嬉々として指示を出す。

「では、お兄様、王太子殿下になり切って、私にそのセリフを言い放ってください！　もちろんきちんと感情を込めてくださいよ。ああ、お兄様が何事も1度で覚える記憶力を持っていることは分かっているのでシナリオは手に持たず、私を見つめながら言ってくださいね」

それから、私は階段を背に立つと、後ろから引っ張られでもしたようにのけぞるポーズを取る。

「さあ、お兄様、今です！」

兄は全く理解できないという表情をしていたけれど、のけぞるポーズを取り続ける私を見て、やるしかないと観念したのか、シナリオに書かれたセリフを口にする。

「傲慢だな、ルチアーナ！　確かにお前は美しいが、それは若さがあってこそだ。では、20年後は？」

そう言うと、兄は腕を組み、身長差を利用して見下すかのように私を見た。

「その若さと美しさを失った時、お前に一体何が残る？　児戯《じぎ》のような火魔術と天井知らずのプライドだけだ。そんなお前に、なぜ私が魅かれると思うのか？」

さすが兄だ。何でも器用にこなすだけあって、非常に上手に役どころを演じている。

……ああ、素敵！　ゲームのシーンをほぼリアルに再現できるって、何て素敵なの!!

私はゲームの一ファンになった気持ちで、うっとりと兄を見つめた。

もちろん主人公の激甘シーンを再現する選択肢もあったけれど、これほど麗しい兄から砂糖まみれのセリフを吐かれたら心臓がもたないに違いない。

演技だと分かっているからか、酷いセリフを口にされても心が痛むことはないし、むしろ、乙女ゲームの世界にいるのだわ、という妙な感動を味わえている。

ああ、最高だわと酔いしれていたところ、兄が次のセリフを口にせず、顔をしかめていることに気が付いた。

……あ、あら、どうしたのかしら。

そう思って兄のセリフを反芻してみると、私のことを「美しい」と言わせていたことに気が付いた。

しまった、お兄様は私が考えたセリフだと思っているから、王太子役の口から「美しい」と言わせたかったのか、何て図々しい、と考えているのかもしれないわ。やだ、恥ずかしい。

私は慌てて、そういう意図ではなかったと説明しようとしたけれど、先に兄が口を開く。

「ルチアーナ……、このセリフは酷過ぎる」

「え？」

「いや、お前は確かに美しいが、表情だって愛らしい。そして、その愛らしさは幾つになろうが失われはしない。外見だとて、お前が今のまま年齢を重ねれば、内側から輝くような美しさを獲得できるはずだ。火魔術にしても、他の誰よりも威力が小さいが、可愛らしくて私は好きだ。プライドもないよりはあるほうがいいではないか」

兄は珍しく真剣な表情で、諭すかのように言葉を続けた。

「え、あ、そ、そうですか？　それはありがとうございます」

あれ、もしかして、すげなくされている王太子を諦めるために、わざと王太子役のお兄様に冷たい言葉を口にさせたと思っているのかしら。だから、慰められている？

違いますよ、お兄様！　ゲームの中で王太子は実際にこれらのセリフを口にするんです！

けれど、もちろんそう口にすることはできずに困り果てていると、兄は一つため息をついた。

「殿下の扮装はこれくらいでいいだろう。私は疲れた」

それから、兄は私の返事を待つことなく、これで終わりだとばかりに銀髪のウィッグを外した。

……あ、あら、やっぱり他人の真似をすることは疲れるのかしらね。

まだまだ巡礼先が控えているので、ここで無理をしても仕方がないと、私は黙って兄に従い、次の場所に移動した。


次に訪れたのは、黒百合の庭園だった。

がさごそと小物箱を漁《あさ》っていると、後ろから兄が私の肩に手を置いてきた。

「ルチアーナ、次はラカーシュ殿の扮装か？　だとしたら、今回は不要だ」

「え、どういうことです？」

探し出した黒髪のウィッグを手に持って振り返ると、目の前にラカーシュが立っていた。

「ぐふっ！」

「ぐふ？」

思わず零れたおかしな声を、ラカーシュに聞きとがめられる。

「い、いいえ、何でもありません。ごきげんよう、ラカーシュ様。お休みの日なのに、登校ですか？」

「ああ、生徒会の仕事でね。ルチアーナ嬢こそ珍しいね？」

ラカーシュの視線は、私の手に握られた黒髪のウィッグに定められていた。

え、ええ、そうですよね。どう見てもラカーシュの髪型そっくりですよね。

休みの日に学園を訪れて、明らかに彼の髪型を真似たウィッグを手に持つなんて、不審極まりないですよね。

……ああ、聖地巡礼中に本人に出逢ったファンの心情は、天にも昇るような心地かと思っていたのに、なぜだか不法侵入を見つかったような気持ちで、冷汗が止まりませんよ。

「え、ええと、その、…………」

もごもごと言い訳の言葉を探していると、にこやかな表情で兄が口を差し挟んできた。

「どうだろう、ルチアーナ。折角《せっかく》だからラカーシュ殿に演者を頼むというのは」

「えっ？」

「私が何だって？」

私と兄とを交互に見ながら、ラカーシュが説明を求めてきた。

そんなラカーシュに対し、兄がわざとらしくも困ったように眉を寄せる。

「ラカーシュ殿とはともに戦った間柄だから、私は仲間意識を感じているようだ。だから、情けない心情を吐露させてもらうと、私は今、非常に苦しんでいる。助けてもらえないだろうか」

「もちろんだ、私にできることならば何だってしよう」

「やあ、ありがたい。では、このセリフを暗記して、心情を込めてルチアーナに言い放ってくれ」

ラカーシュが助力を申し出た途端、兄は困っていた演技をやめると、にこやかな表情でラカーシュに役どころを押しつけた。

それから、兄は私が脇に挟んでいたシナリオをするりと抜き取ると、ページを広げてラカーシュに見せる。

その様子を見て、さすがお兄様だわと感心する。

シナリオにはセリフを話す人物の指定はなく、「男性」、「女性」としか記していないのに、的確にラカーシュのページを示していたからだ。

ラカーシュは無表情のままシナリオに目を通していたけれど、読み終わると顔を上げ、背景に広がる黒百合の庭園、私の手の中にあるラカーシュの髪型そっくりのウィッグに交互に視線を走らせ、困惑したかのような表情を見せた。

どうやら自分が何を引き受けたのかに薄々気付き、戸惑っているようだった。

……そうなのよね、この世界のラカーシュは、ゲームに登場するラカーシュとは少し変化しているのよね。

ゲームの中のラカーシュは、足を怪我することで深く傷付き、性格がねじ曲がってしまうのだけれど、こちらのラカーシュは性格が悪くないようだから、シナリオにある酷いセリフを吐くタイプには思われないのよね。

まあ、でも、本人だから、彼以上に上手くやれる人はいないはずだわ。

ラカーシュ役を本人が演じるという想定外の事態に陥ってしまったけれど、甘いセリフを囁かれるわけでもないし、酷いセリフを投げつけられるだけだから、攻略対象者から距離をとるという基本思想に反するわけではないわよねと自分に言い聞かせる。

それから、花壇の前に尻餅《しりもち》をついたような形で座り込むと、ラカーシュに声を掛けた。

「ラカーシュ様、よろしいですか？　はい、では、お願いします！」

私の言葉を聞くと、ラカーシュは何かに耐えるかのように眉を寄せ、けれど、生真面目に覚えたセリフを口にした。

「いいか、ルチアーナ。今の何も持たない落ちぶれた姿は、自分が蒔いた種の結果だ。お前の怠惰《たいだ》さが、その何もできない無能さを形作ったのだ。他人を顧みない傲慢さが、これほどの恥辱を私に与えられている今ですら、誰一人助けに入らない孤立を生んだのだ」

ラカーシュの声はいい。とても魅力的だ。

――しかしながら、残念なことに迫力が足りていない。

ゲームの中とは異なり、ルチアーナを蔑む響きが一切ないのだ。

表情も、私を見下すというよりは苦し気だ。

え、どうしたのかしら、と思って見つめていると、生真面目なラカーシュはそれでも言葉を続けようと口を開いた。

「さあ、自分で刈り取るが………い、……い。…………………………………」

けれど、ほんの少しのセリフを口にしただけで止まってしまい、そのまま暫《しばら》く固まっていたかと思うと、がくりと地面に膝を落とした。

「ラカーシュ様!?」

驚いて声を掛けると、地面に跪いたまま、顔も上げずにラカーシュがつぶやいた。

「……無理だ。私にはこれ以上続けられない」

「え?」

座り込んでいた芝生から立ち上がり、ラカーシュに近付いていくと、同じように立ち上がったラカーシュから両手を掴まれた。

「ルチアーナ嬢、君にとって私は、これほどまでに冷酷非道な男に見えているのか!? 確かに私の態度は酷く、何と誇《そし》られても仕方がないことではあるが」

「あの……」

「だが、ルチアーナ嬢、君が怠惰と対極にあることは、いかに愚鈍な私でも理解している。なぜなら君は、親しくもなかった私とセリアのために我が公爵邸を訪問し、救う手間を掛けてくれたのだから。それから、君の周りには、少なくともサフィア殿や私、セリアがいる。決して1人ではない」

真剣な様子で自分の考えを述べるラカーシュを見て、本当に真面目ねと思う。

私が書いたセリフを見て、私がラカーシュに抱いているイメージをセリフにしたと思ってしまったのだろう。

つまり、私の中でラカーシュは血も涙もない悪の権化のようになっていると考えて、ショックを受けたのだ。

いくら私が悪役令嬢とは言え、一女生徒でもあるのだから、一般的な自分のイメージはこんなものかもしれないと、真面目なラカーシュは傷付いてしまったのね。

悪いことをしたわ、とラカーシュを見つめると、彼の顔色が悪いことに気が付いた。

まさか今の出来事で顔色が変わるはずもないから、元々、体調不良だったのかしらと心配したけれど、ラカーシュは自分の体調に構うことなく、必死な様子で言葉を続ける。

「ルチアーナ嬢、君が蒔いた種は良い種で、確実に大きく育っている。だから、君の周りにはどんどんと君を慕う者たちが増えていくだろう」

……まあ、ラカーシュったら、体調不良を押してまで、私を元気付けようとしているわよ。

悪役令嬢である私に対して、ラカーシュは何て優しいのかしらと感激した私は、これ以上彼に心労をかけてはいけないと考え、同意を示すためにこくこくと大きく頷いた。

「分かりますわ、ラカーシュ様。ラカーシュ様が公明正大で、基本的に女性に対して悪し様なことを言わないことは理解しています。先ほどのセリフは……何というのか、私も勉強を頑張ろうという気持ちを込めただけです。もしも勉強をサボったら、温厚なラカーシュ様からも罵《ののし》られるわよと、背水の陣のような気持ちで自分を叱咤激励していたんです」

「なるほど……」

明らかに苦しい言い訳だわと思ったけれど、素直なラカーシュは信じたようで、ほっとした様子で相槌を打った。

私は今が撤退の時だわと判断すると、素早くラカーシュから距離を取る。

どこまでもマナーを重んじるラカーシュは、悪役令嬢とはいえ女性である私への気遣いを自分の体調よりも優先すると思ったからだ。

「それでは、誤解が解けたようなのでこれで失礼しますわ。これから先、行くべき場所（聖地）がありますので」

私が離席するのは用事があるからで、ラカーシュの体調不良を見抜いたからではないことをさり気なく匂わせる。

恐らくラカーシュは、女性に余計な気を遣わせないことが紳士のあるべき姿だと考えているので、彼の気持ちを軽くしようとしたのだ。うん、完璧だわね。

後ろで兄が、「完璧の対極だ。酷過ぎて、どこから手を付ければいいか分からない」とつぶやいていたけれど、……あらあら、お兄様、確かにこの聖地巡礼は、何も知らないお兄様からしたら酷く見えるのかもしれませんが、前世の私はこのゲームだけが楽しみだったのです。

だから、大目に見てくださいと、心の中でつぶやいた。


次に兄と私が訪れたのは、「春の庭」だった。

小物箱から藤色の髪のウィッグを取り出して兄に差し出すと、兄から一つの提案をされた。

「ルチアーナ、ルイス殿はお前と同じくらいの背丈だから、お前が演じた方がよりリアルさが出るのではないか」

さすがお兄様。次の扮装がルイスだということを、言われずとも見抜きましたよ。

そう驚きながらも、え、私がルイス役をするの？　と、反論の声を上げる。

「でも、そうしたら、お兄様が私役になりますよ。スカートをはくのはお嫌でしょう？」

「このセリフを言わないで済むのなら、スカートをはくことなど容易《たやす》い話だ」

兄はシナリオを片手に、真面目な表情でそんなことを言った。

あらあら、私が書いたセリフが気に入らないんでしょうか。

「分かりました、お兄様の意気込みは受け取りました。では、私がルイス様役をやりますね。それから、お兄様はスカートをはかなくても結構です。準備してきていないし、私の制服ではサイズが合わないでしょうから。というか、私の分の男性用制服もないですね。再現性は低くなりますが、服装については今回妥協します。……では、より臨場感を出すため、シナリオにおける『ルチアーナ』の単語を『サフィア』に読み替えますね」

それから、私は藤色のウィッグを被ると、兄の前に背筋を伸ばして立ち、既に覚えてしまっているセリフを口にした。

「サフィア、何とも君らしいエンディングだね！　みじめに床に這いつくばり……」

私の言葉を聞いた兄が、床の上に体を倒した。

「悔し気に顔を歪め、この場の全員から嘲笑されるなん……て」

けれど、そこで言葉が止まってしまう。

そして、その時になってやっと、私は兄とラカーシュの気持ちを理解したように思った。

「……お兄様、全く面白くないですわ」

――言葉の通りだった。

兄の演技が上手いのか、悔し気な表情を浮かべて私を仰ぎ見る様子を目にすると、胸がずきずきして涙が零れそうになる。同じ気持ちを味わわせたのだとしたら、本当に悪いことをしたと思う。

私の言葉を聞いた兄は、真面目な表情で頷いた。

「そうだろう。私は感受性が豊かなのだ。恐らくお前の10倍、面白くなかった」

「じっ、10倍ですか！　そ、それは……、私なら耐えられそうにありませんわ。本当に申し訳ありませんでした」

深く頭を下げると、兄の大きな手が頭に乗せられた。

「いや、この訳が分からない遊びに二度と付き合わなくて済むのならばそれでいい」

そう言うと、兄はくしゃくしゃと私の髪をかき回した。

顔を上げると、いつも通り穏やかな表情で微笑む兄がいた。

「気分を変えるか、ルチアーナ。……そうだな、カフェテリアに甘いものでも食べにいくか？」

「行きます！」

心の底からしょんぼりとしていた私だったけれど、兄の言葉を聞いた途端、体の中から活力が湧いてきたように思われ、勢いよく頷く。

そうだ、カフェテリアも聖地の一つだったはずだ。

しかも、週末にしか出さない特別メニューがあったはずで……。

聖地情報を思い出してにやりと笑うと、兄からため息をつかれた。

「その表情は、また何かくだらないことを思い付いたな。全く反省していないじゃないか」

そうは言われても、これぱっかりは熱心な乙女ゲームファンとして仕方がない。

「本当に申し訳ないとは思いますが、これは私がお兄様（がいる乙女ゲームの世界）に心酔していることの表れですので、大目に見てください」

「……肝心の言葉が省略されたように思われるが、まあ、いいだろう。……はあ、確かに今日はお前に付き合うと言ったが、想像の10倍疲れるな」

ため息をつきながら兄が腕を差し出してきたので、淑女らしく腕を絡め……たところで、私の宝物である巡礼グッズを収めた小物箱が残されていることが気になり振り返る。

するとと、兄から「いっそ無くなればいいと思ったのに、よく覚えていたな」とつぶやかれた。

「だが、確かに、あの箱が第三者の目に触れたら、ダイアンサス侯爵家は一体何をしているのかと訝しく思われるだろうから、後から従僕に取りに来させる。ルチアーナ、今日はもう十分だ。あの箱から考えを離してくれ」

兄の声が疲れたような響きを帯びていたため、まあ、お兄様は本当にくたくたのようねと心配になる。

もちろん、従順な妹としてはこれ以上兄に心労をかけないよう、言うことを聞きますよ。

「分かりましたわ、お兄様」

そう言うと、私は兄を見上げてにっこりと微笑んだ。

兄からはげっそりとした表情でため息をつかれた。


その後訪問したカフェテリアにおいて、私は多くの限定メニューに囲まれて幸せいっぱいだった。

目の前に並べられたものを、一つ一つ兄に説明していく。

「このクランベリー入りのパイは王太子殿下の好物なんです。そして、こちらのサーモンが挟まったサンドイッチはラカーシュ様の好物ですね」

すると、兄から感心したように相槌を打たれた。

「お前は、……物凄い観察眼を持っているのだな」

ふふふ、『その能力は他にもっといい使い道があるだろう』と言わないところが、お兄様のいいところですよね。

そんな風に兄と会話を楽しんでいると、ラカーシュがふらふらとした様子で現れた。

「まあ、ラカーシュ様は未だに体調不良のようですわ」

「なるほど、彼も私同様に感受性が豊かだったようだな」

兄の言葉を聞いて、えっ、もしかしたらラカーシュの体調不良の原因は、私が先ほど言わせたセリフなのかしらと思い至る。

え、え、そうだとしたら、こんなところで呑気《のんき》に休憩している私は極悪人だわ！

慌てて立ち上がると、私に気付いたラカーシュが近付いてきた。

「ルチアーナ嬢、ご一緒してもよろしいか」

「も、もちろんですわ！　ちょうどラカーシュ様をお誘いしようと、ラカーシュ様の分もご用意していたんです」

ちょっとばかり虚言が交じったけれど、見逃してほしいと思う。

近くで見たラカーシュの顔色は物凄く悪かったので、この顔色の悪さを改善するためならば、少しくらいの作り話は許されるはずだ。

私は素早い動作でテーブルの上からラカーシュの好物を選び取ると、彼の前に並べ直した。

するとラカーシュから嬉しそうに微笑まれる。

「ありがとう、ルチアーナ嬢。偶然だけど、これらは全て私の好物なのだ」

「そ、それはよかったです。よければ全て食べてください。美味しいものを食べたら、少しは体調が回復するかと思いますので」

必死にラカーシュの好物を勧める私の隣で、兄が呆れたようにつぶやいた。

「ラカーシュ殿は純粋だ」


――結局、その日のイベントは兄とラカーシュとともにカフェテリアで食事を取った後、お開きとなった。

兄や私と他愛《たわい》無い話をする間に、ラカーシュの体調は良くなったようで、「やるべきことが残っているから」と片手を上げて私たちを見送った彼は、普段通りに見えた。

良かったわ、とほっと胸を撫でおろす。

けれど、次の瞬間、私ははっとした。

そういえば、私はメイン攻略対象者のラカーシュと一緒にランチをしたのよね。聖地巡礼における最上の贅沢じゃないの！

――そう、遅ればせながら気付いたからだ。

同時に、攻略対象者ではないけれど、同じくらいハイスペックなお兄様を1日独占できたということも最上の贅沢じゃないかしら、と心の中で思う。

そうして、最高の『聖地巡礼』だったわ！　と今日という1日に大満足したのだった。

——その日からしばらく経った数日後、私はやっと、兄が私に付きあってくれた聖地巡礼の日は、「きょうだいの日」だったことに気が付いた。

気付いた瞬間、兄にカードゲームで勝ったところから接待を受けていたのだと思い至り、突然の奇声を上げるのは、また別の話。

ルチアーナ、ラカーシュに家庭教師を依頼する?

これほど上級貴族が集まるなんて、まるで王城晩餐会並みね!

私は美しい所作で食事をしている貴公子たちを見回しながら、心の中で独り言《ご》ちた。

急遽開催されたウィステリア公爵家の晩餐会だったけれど、参加者が豪華過ぎると思ったからだ。

というのも、私以外のメンバーは、ウィステリア公爵家の三兄弟、フリティラリア筆頭公爵家の嫡子、ダイアンサス侯爵家の嫡子と、物凄い上級貴族ばかりだ。

彼らのうちの誰か1人を参加させるだけで晩餐会の格が上がると、出席を熱望される面々が、こんなにも簡単に揃うなんてと驚いてしまう。

そもそも今夜の晩餐会は、兄の要望で開催されたはずだ。

ジョシュア師団長が尽力したとはいえ、兄は必要な時に必要な人物を――それがどれほど高位者であれ、揃えることができる繋がりを持っているんだわと感心する。

対する私は……、と自分を省みて、小さくため息をついた。

悪役令嬢として断罪され追放された時のため、生きていくスキルを身に付けなければ、との志とは裏腹に、まだ何一つ有用なスキルを身に付けることができていなかったからだ。

せめて学園で教わることくらいは覚えないと、とは思うものの、授業にすらついていけていないのが現状だ。何とかしないと。

そう考え、授業中に作成した「分からない単語やフレーズを書き留めたノート」について思考を飛ばしていると、隣に座っていたラカーシュから声を掛けられた。

「ルチアーナ嬢、ため息をつくとは珍しいな。疲れたのか？　我が公爵家での一件で疲弊したのは昨日のことだというのに、休む間もなく晩餐会に参加しているため、体が辛いのは確かだろうが」

隣を見ると、気遣うような表情をしているラカーシュと目が合った。

まあ、私のことを本気で心配しているように見えるわよ。

そうだとしたら、たった1日でラカーシュは変わったわねと驚く。

ラカーシュは超高位の貴族出身であることに加え、努力すれば何でも完璧にできる才能に恵まれているため、できない者、格下の者全てを見下していたはずなのに、はるかに格下で出来の悪い私のことを思いやってくれているわよ。

昨日、フリティラリア公爵家で一緒に魔物を倒したことで、仲間意識のようなものができたのかしら。

通常であれば、『攻略対象者なんてとんでもない』とラカーシュを避けるところだけれど、晩餐の席のため、マナーとして礼儀正しく返事をする。

「いえ、お恥ずかしいことながら、私は学園の授業内容を理解できていないので、今日の授業を思い返していたんです。週末だけでも家庭教師を付けようかと考えているんですが」

「それは、……あまりいい考えではないな。1週間単位で考えると、授業がある日が5日、週末は2日なのだから、2日だけ家庭教師を付けても大して身にはならないだろう」

「ああ、ですよね」

うん、薄々分かっていた。でも、何もしないよりはマシかなと思ったんだけれど。

がっかりして俯くと、ラカーシュが窓の外を指し示した。

「Aクラスは今日、天文学の授業があっただろう？」

「はい、季節の変化に伴う星座の位置の移動を習いました」

ラカーシュの質問の意図が分からないまま、聞かれたことに答える。

「大事なことは、君がどのレベルまで学びたいかだ。教養として星の名前と形を覚えたいのならば、教科書を読んでいれば十分だ。だが、学習内容を日常の中で活用したいのならば、実際に空を眺めて星座の形を覚えるべきだ。教科書だけでは、サイズ感や明るさは伝わらない。座学だけでは、空の星座を読めるようにはならないからな」

「なるほど」

さすが優等生のラカーシュだ。発言に説得力がある。

もちろん私が望んでいるのは実践できるようになることだから、実際に星を眺めるべきよね。

「教えてくれてありがとうございます！　天気のいい夜に、教科書を持って夜空を眺めてみますね」

「……初めてでは方角が摑みにくいし、星毎に明るさが異なるから、形として星座を把握するのが難しい。よければ私がガイドをしよう」

「えっ！　それはさすがに悪いですわ」

「静寂の中、星を眺めるのは嫌いではない。ルチアーナ嬢さえよければ、ぜひご一緒したい」

……これは一体、どうすべきなのかしら？

普通に考えたら、攻略対象者であるラカーシュを避けるべきなのだろうけれど、勉強を教えてもらえるとなったら話は別よね。

なぜなら教養や知識が追放後の私を助けてくれるはずだから。

しかも、ラカーシュほど頭のいい人から教えてもらえるチャンスなんて二度とないはずよ。

私は前世で学生時代、友人と一緒に行っていた試験勉強の様子を思い出す。

『ええと、どれが正解だっけ？　Aのような、Bのような、あるいはCでもあるような不思議な問題だよね』

『いや、そんな不思議な問題なんてないから。答えは常に一つだよ。問題は、……その一つがどれかが分からないだけで』

『うーん……』

結局、分からない者同士で勉強をしても答えは出ないことが分かった無駄な時間だった。

だから、ラカーシュのように何を聞いてもすらすらと正解が出てくるような成績優秀者と一緒に学習できるなんて、物凄いチャンスではあるのよね。

それに、夜に星を見るだけでは何も起こりようがないはずだし。

「では、ラカーシュ様さえご迷惑でなければ、ぜひお願いします!」

図々しくも申し出を受け入れると、ラカーシュから嬉しそうに微笑まれた。

あら、社交辞令じゃなかったのね。

というか、こんなに嬉しそうに笑うなんて、ラカーシュは本当に星が好きなのね。

加えて、自分が楽しむだけじゃなく、出来の悪い私にまで星の読み方を教えてくれようだなんて、新生ラカーシュは親切だわね。

そう納得していると、反対隣りに座っていた兄から不憫な子を見る目付きで見つめられた。

「ルチアーナ、お前は本当に色恋への受信能力が低すぎるな。ラカーシュ殿が出来の悪い同級生の勉強を無条件に見ていたら、希望者が殺到してどれだけ時間があっても足りはしない。ラカーシュ殿は何らかの基準を設けていて、お前がその基準を満たしたのだと、なぜ考えないんだ。まあ、結果として、新たなる経験の機会を受け入れたのだから、よしとすべきかもしれないが」

「え？」

聞き返したけれど、兄にはそれ以上説明するつもりがないようで、飲んでいたワインのグラスを弄《もてあそ》ぶかのようにゆらゆらと揺らされただけだった。

まあ、相変わらず疑問だけを提示して、肝心なことは私に考えさせるスタイルですね。

お兄様はそれが私のためになると思っているようですが、問題は私が全く答えに辿り着けないため、これっぽっちも私のためになっていないことです。

お兄様が思うよりも、お兄様の妹は不出来なんですからね！

そう心の中で言い返したものの、兄の言葉に思うことがあった私は、再びラカーシュに向き直る。

「星を見に行く話ですけれど、よく考えたら私が教えてもらう一方で、ラカーシュ様にはいいことがないですよね。ですから、お礼として、次にラカーシュ様が教科書を忘れた時には、私が貸してあげます」

笑顔でラカーシュに提案すると、反対隣りで兄が呻《うめ》くような声を上げた。

「それっぽっちのことで等価交換になると、なぜお前は考えられるのだ」

まあまあ、お兄様ったら。

何だかんだで要領がいい兄のことだから、教科書を忘れたまま授業を受けた経験などないのでしょうね。

だから、教科書を貸してもらう価値が分からないんだわ。

「お兄様、教科書を忘れた場合の絶望的な状況についてご説明いたします。教科書を忘れることは、ありうべからざる基本的な失態のため、なかなか教師に申し出ることができません。また、周りの生徒にも教科書を持っていないことを悟られまいと、物凄くドキドキします。あの時間が避けられるのですから、教科書を貸してもらうことは物凄く感謝すべきことなのです!」

自信を持って兄に力説すると、ラカーシュから微笑まれた。

「なるほど。実を言うと、私は教科書を忘れたことがなかったので、ルチアーナ嬢の提案の価値が理解できなかったのだけれど、とてもありがたいことだということが分かったよ。ではお返しに、君が忘れた時は私が貸してあげよう」

「えっ」

「なるほど、クラスが異なることのマイナス面ばかり捉えていたけれど、考え方を変えると素敵に見えてくるから不思議なものだね。ルチアーナ嬢はいつだって、私が発想しない考えを与えてくれる」

あれあれ、お返しのお返しがきてしまっただなんて、私はさらにお返しを提供すべきなのかしら。そうだとしたら、このお返し合戦はいつ終わるのかしら。

困惑して首を傾げていると、ラカーシュから軽く手を握られた。

「ルチアーナ嬢、この場は適切とは言い難く、学園の教室よりはましだろうというくらいの場所でしかないが、……昨日の件について、両親が君に感謝していた。繰り返しになるが、もちろん私と妹もだ。私たち兄妹を救ってくれてありがとう」

ラカーシュの後半部分の声が低くなり、それだけで雰囲気が一変する。

ラカーシュは凄いわね！　視線と声音だけで、一瞬にしてしっとりとした雰囲気を作り出してしまうのだから。

「えっ、いや、ですから、それはお兄様が……、そして、ラカーシュ様自身も……」

そして、私はそんな雰囲気に慣れていないんですよ。だから、動揺してあわあわとなってしまうんですが。

ラカーシュは慌てた私の様子を見ると、まるで可愛らしいものを目にしたとばかりに目を細めた。

「ああ、そうだね。もちろんサフィア殿にも同様の感謝をしている。彼にも先ほど、改めて礼を言ったところだ」

「あ、な、なるほど……」

「ただしね、父は公爵家当主として色々な思惑がある人だから、君の全てを話すことは憚《はばか》られた。

そのため、両親へ話した内容は事実と一部異なるし、君の凄さは割愛されたし、妹が救われたのは当面の危機からというだけで、『期限付きの命』が解除されたことは話せていない」

「まあ」

ラカーシュの話を聞いた私は、感心して目を見開いた。

ラカーシュは本当に賢いわね！

確かに私はおかしな魔法もどきを発動させ、そのことと関連があるかのようなタイミングでセリアの運命が変わり、彼女は14歳で亡くなるという未来から解放された。

そのため、それらを一連として話をすると、私はさも物凄いことができるかのように誤解される可能性があり、黙っていることが正解に違いない。

さすがラカーシュだわ、と心の中で称賛していたのだけれど、彼には私の心情を誤解されたようで、申し訳なさそうな表情をされた。

「ルチアーナ嬢、本当に申し訳ない。君の活躍ぶりを話さないことはフェアでないと思ったが、……父が知ったら、それこそ君を利用しようと動くことは間違いないから、勝手に判断させてもらった。母は純粋に喜ぶと思うが、公爵夫人と思えないほど感情を隠せない人だから」

そこで言葉を切ると、ラカーシュは困ったように眉を下げた。

「母に話した途端、父に筒抜けになるだろうから、母にも話せないでいる。妹の命の期限が解除されたことを知らせたら、手放しで喜ぶことは分かっているのだが……」

まあ、母親に話せていないことが心苦しそうだわ。

ラカーシュはセリアに対してもすごく優しいし、家族を大事にするタイプなのね。

「それで、両親から改めて君を晩餐会に招待し、礼を言いたいと言付かった。もしよければ、サフィア殿とともに出席してもらえないだろうか。サフィア殿からは快諾いただいたが」

ラカーシュの言葉を聞いた瞬間、相談もなく勝手なことをした兄をぎらりとした目で睨み付けたけれど、兄からは笑顔でワイングラスを掲げられ、祝杯を上げるかのような仕草をされただけだった。

くうっ、そうでしょうよ！　面白い方に傾くのがお兄様ですからね。

そして、お兄様にとってラカーシュと私の組み合わせは、「面白い」に分類されるのでしょう。

「ええと、それは、その、と、とりあえず私は学業が遅れ気味でして……。その辺りが解消されたらご参加させていただこうかな、なんて」

でも、私は足掻きますからね。

はっきり言って公爵家というのは格上で、そこからの招待を断るなんて選択肢は通常あり得ないのだけれど、新生ラカーシュは人の話を聞いてくれるように思われたため、弱々しくも不参加の希望を出してみる。

すると、どういうわけかラカーシュは満面の笑みを浮かべた。

「……え？」

その瞬間、私は何かを間違ったという確信に襲われる。

けれど、その確信が形を取る前に、ラカーシュが言葉を続けた。

「そうであれば、私がルチアーナ嬢の学力向上のお手伝いをしよう」

「へ？」

「息子としては、両親が君と食事をしたいという希望をぜひとも叶えてやりたいし、かと言って、恩人である君の学業を優先したいという気持ちを無下にすることは心が痛む。幸い私は勉学が不得意ではないから、君の手伝いができると思う」

「え、いや、それは……」

「年が離れた家庭教師よりも、同年代の私の方が君のつまずきを理解しやすくもあるだろう」

「い、いや、それはないでしょう！　天才のラカーシュ様に、劣等生の私のつまずきなんて理解できませんよ！」

辛うじてそう言い返したものの、「では、私が君に勉学を教えることが不味い理由を挙げてみて」と言われて言葉に詰まる。

唯一言えることがあるとすれば、『他の生徒の目がありますから』ということだけど、ラカーシュは他人の目を気にしないし、ラカーシュと私が2人で勉強をしていたからといって、色恋と結び付けられると考える方が図々しいだろう。

ああ、でも、星の見方を教わるのとは違い、理解できていない勉強を全て教えてもらうのは、物凄く時間を要するように思われるのだけれど。

つまり、攻略対象者であるラカーシュと一緒にいる時間が長くなるということで、物凄く不味いのではないだろうか。

……いや、ラカーシュは真面目だから、私のあまりの頭の悪さを理解したら呆れて嫌になるはずで、不味くはないのかしら。

それに、勉強を見てもらうこと自体は、凄く有難いことなのだから。

正解が分からなくなった私は、最後の足掻きとばかりに正直に告白する。

「ぐ……、ぐ……、わ、私はラカーシュ様に驚かれるほど勉強ができないんです。多分、すぐに嫌になりますよ」

「では、試してみようか？」

そう冷静に提案してきたラカーシュに、私は白旗を揚げた。

なぜだか分からないけれど、ラカーシュは本気で私に勉強を教えたがっていて、本気になったラカーシュに勝てるはずがないのだ。

「い、いいですけど、教えてもらって頭が良くなるのは私ですからね。だから、得をするのは私だけなんですよ。ラカーシュ様はその貴重な時間を、じゃぶじゃぶと無駄にするだけなんですからね」

だから、せめてもと私は一矢報いるための言葉を発してみたのだけれど。

「私の時間が無駄になる？　ルチアーナ嬢、君とともに過ごす時間が無駄になることなど決してないよ」

筆頭公爵家の嫡子、貴族の中の貴族であるラカーシュ・フリティラリアは高貴な微笑みを浮かべると、私の最後の攻撃を完全に跳ね返したのだった。

私が完全敗北を認め、苦悶《くもん》の声を上げたのは言うまでもない。

【SIDE】エルネスト王太子「紫の魔女とラカーシュの奇行」

私には自慢の従兄《いとこ》がいる。筆頭公爵家の嫡男であるラカーシュ・フリティラリアだ。

頭脳明晰《めいせき》にして冷静沈着、文武両道という、欠点がないことが欠点だと思われるような傑出だ。

恐らく私よりも優れた能力を幾つも持ち合わせているだろうに、その片鱗を全くうかがわせない。

必ず私を立てて、自分は一歩下がるのだ。

幼い頃はそのことを不満に感じ、ラカーシュに文句を言ったものだけれど、「人には役割がある」と決して態度を変えなかった。

だから、納得はいかないものの、いつの間にかその立場を受け入れてしまったのだが、……そんな彼を評する言葉は、知れば知るほど一つのものに固定される。

『ラカーシュは完璧だ』

私は彼以上に優れている者を見たことがない――……。

しかし、ラカーシュは完璧であるがゆえに孤高だった。

彼は基本的に自ら前に出ることも、誰かと積極的に関わることもない。

唯一の例外は私に関することで、私に害をなす者を排除しようとする場合のみ自ら動く。

ある時、そんなラカーシュが、学園の教室でルチアーナ嬢と話をしている場面を目撃した。

用事で席を外していたので大半は聞き逃したのだけれど、『忠告はしたよ』と去り際に警告するラカーシュの声が聞こえたため、私のために動いたのだろうと推測する。

恐らく私への接近が目に余ったため、ルチアーナ嬢を排除する方向に舵を切ったのだろう。

なぜなら、ルチアーナ嬢の存在を一言で表現するならば、『鬱陶《うっとう》しい』が正確だったから。

いつでもどこにでも私の前に現れる、傲慢で自意識過剰なご令嬢。

家柄と外見しか特筆すべきところはないのに、その2点に自信満々の態度で私の時間を奪いに来る。

そのため、あまりに度を過ぎているなと感じた時は、直接、彼女に対して婉曲《えんきょく》な嫌味を口にしていた。

爽やかな笑顔と丁寧な口調の下で披露する婉曲な嫌味だ。他人の心情を思いやることがないルチアーナ嬢が、私の言葉の真意に気付くことはないだろう。

だというのに、どこまでも真面目なラカーシュから、そのことを咎《とが》め立てられていた。

「エルネスト、お前は王になる者だ。一片の傷もあってはならない。『汚れなき白い百合』、それがリリウム王家だ。泥をかぶる役は私――――黒百合《フリティラリア》が引き受ける」

けれど、これればかりは承服しかねる申し入れだった。

ラカーシュは誰よりも立派で高潔なのだ。私が光の下にあるべきだというのならば、ラカーシュもその隣に立ち、同じように光を浴びるべきだ。

そう言い募る私を、ラカーシュは黒い瞳で冷静に見つめてきた。

「エルネスト、お前の考えは高邁《こうまい》だ。だが、光があるところには必ず影ができる。世界は美しいものだけで構成されていない」

――私が口にすることが綺麗ごとだと言われるのならば、反論はできない。

だが、いつの日か必ず、誰からも――ラカーシュ、お前からも私の発言は正しかったと言われるような、美しい国を創ろう。

そして、立派な王になろう。

それが私の夢だ。

その時、側近として隣にいるのはラカーシュ、間違いなくお前だ。

――そんな風に絶大の信頼を置いていた従兄が、ある日、突然おかしくなった。

特定の令嬢に対し、常識外れな執着を見せ始めたのだ。

――初めに違和感を覚えたのは、ラカーシュが私服姿で学園を訪れた時だ。

私服登校日でもない日に私服で現れるなんて、規則を遵守するラカーシュらしくもない。

そうは思ったものの、一方では、私服のまま学園を訪ねた理由が、私に会いたくて服を着替える手間を惜しんだのだとしたら嬉しいと感じた。

けれど、ラカーシュは私に会いに来たわけではなかったようで、それどころか、視界に入ってもいないかのように私を無視した。

それから、ラカーシュは真っすぐに1人の女生徒の下に歩み寄ると、――女性であれば必ず家名を呼ぶという彼自身のルールに反して、『ルチアーナ嬢』と名前で呼び掛けたのだ。

唖然《あぜん》とする私の前でラカーシュは、君に会いたくて予定を早めて領地から戻ってきただとか、昨日からずっと君のことしか考えられないだとか、およそラカーシュらしからぬ言葉を口にした。

――誰だこれは？　一体、ラカーシュに何が起こったのだ!?

驚いて声を掛けると、『私はただ、ルチアーナ嬢と会話をしているだけだ。お前こそ、会話をしている途中に割り込むなど、明らかなマナー違反ではないか』と返された。

……これは本当に、ラカーシュが私に対して発言しているのだろうか？

ラカーシュとルチアーナ嬢の会話から、この週末に行われたラカーシュの父の誕生会に彼女が参加していたことを把握する。

呼ばれてもいないパーティーに押しかけるとは、ルチアーナ嬢は何て図々しいのだろうと思う一方、彼女にはそういう厚顔無恥な性質があったなと納得する。

そして、このラカーシュの驚くべき変わりようを見るに、そのたった数日で、ラカーシュは彼女に陥落したようだった。

清廉潔白に生きてきたラカーシュに、悪女向けの耐性はゼロだ。だから、誑かされてしまったのだろうか？

そう考え、ルチアーナ嬢をぎらりと睨みつける。

この紫の魔女め！　私の大事な従兄に何をしてくれたのだ。

そして、彼女のどこにラカーシュは惹かれたのだろうと、その全身を観察すると……確かに外見は整っていた。不本意ながら、最上級品であることは認めざるを得ない。

けれど、生まれ持ったものには何の価値もないのだ。

大事なのは生きていくうえで何を学び、何を獲得したかであって、それこそがその者の魅力となるのだから。

私の従兄はそのことを十全に分かっていて、表面的なものに魅かれる愚者ではないはずなのに。

そう考えていると、ラカーシュの妹が現れた。

セリアは兄に近付く女性全般に敵意を抱く性質があったはずだ。よし、私の味方だなと安心していると、どういうわけかルチアーナ嬢を「お姉様」と呼んだ。

……セリアがルチアーナ嬢を受け入れただと!?　そんなはずはない！

目をむいてセリアを凝視していると、明らかな好意を持ってルチアーナ嬢に接している様子が見て取れた。

何ということだ。わずか数日で、紫の魔女がフリティラリア公爵家の兄だけでなく、妹までも誑かしたのか。

心底信じられない思いでいると、戸口から低い声が掛かり、我が王国が誇るジョシュア王国魔術師団長が現れた。

そして、あっという間にルチアーナ嬢を連れ去った。

あの忙しい男がわざわざ学園を訪れるなんてただごとではないと思いながらも、この場は彼に任せることにして、現状で最優先すべきこと――ラカーシュに何が起こったのかを突き止めることに専念する。

私は師団長とルチアーナ嬢を寂し気な表情で見送っていたラカーシュに声を掛けた。

「……それで、私の聡明なる従兄殿は、紫の魔女に魅入られてしまったのか？」

先ほどのラカーシュの冷たい対応を思い出し、思わず嫌味を口にすると、従兄は冷静な表情で見返してきた。

「エルネスト、その者の価値は何で決まる？」

魔女に誑かされているとは思えない、真っ当な質問だった。

「愚問だな。もちろん、その者が何を学び、何を獲得したかだ」

「ああ、私も同意見だ。そして、どうやら私はルチアーナ嬢が学び、獲得したものに魅かれているようだ」

「…………」

それは、……男性に媚びる態度だとか、隙あらば怠けようとする態度だとかなのか？

胡乱《うろん》気な表情で見つめる私に対し、ラカーシュはきっぱりと言い切った。

「だが、私はお前に詳細を説明するつもりはない。王になるべき者ならば、自分の目で見極めろ」

それは、常々ラカーシュが私に向かって発する言葉だった。

多くのことを私に説明してくれるラカーシュだったが、私が自ら見極めるべき大事なことだと彼が判断したことは、私自身に確認させるのだ。

――ルチアーナ嬢は、四六時中私にまとわりついていた。

そのため、数日間一緒に過ごしたラカーシュよりも、私の方が彼女と一緒にいた（まとわりつかれていた）時間は長いし、彼女の特質について把握しているはずだ。

それなのに、彼女のよい特質を数え上げろと言われても、一つも思い浮かばない。

だから、今回に限っては、ラカーシュがルチアーナ嬢に誑かされていて、その目が曇っているだけだろう、……と、そうは思ったものの、私が最も信頼する従兄の発言だ。

ラカーシュを尊重する意味でも、まずは彼の言葉を理解するよう努めるべきだと考える。

そのため、ルチアーナ嬢を観察し、彼女が学び獲得したものが何かを見極めなければ……と考えたところで違和感に気付く。

「……おや？」

そういえば、毎日毎日、私の周りを鬱陶しいくらいつきまとっていたルチアーナ嬢が、ここ数日近付いてこない。

とうとう私を諦めたのか？　先日はラカーシュを観劇に誘っていたし、ラカーシュに乗り換えたのだろうか？

……と考えたところで、もしかしてラカーシュはルチアーナ嬢を私に押し付けられたと考えて、おかしな意趣返しをしているのではないかと思い当たる。

「……ラカーシュ、私がルチアーナ嬢をお前に押し付けたと考えてはいないよな？」

「おかしなことを言うな。ルチアーナ嬢はそもそもお前のものではない」

あ、よかった。少なくともラカーシュは私に対して嫌味を言うような人物ではなかった。

ほっと胸を撫でおろしながらも、本気でラカーシュがルチアーナ嬢に傾倒しているように思われ、セリアに説明を求めるような視線を向ける。

なぜなら、あまりに変わり過ぎたラカーシュについて、せめてヒントがほしいと思ったからだ。

そして、同じように変化したセリアならば、ラカーシュがルチアーナ嬢のどこに魅かれているのかを理解しているはずだと考えたからだ。

すると、セリアは私の要望を読み取ったかのようなしたり顔で頷いた。

「ルチアーナお姉様は、私とお兄様の運命を動かしてくれたのです。だから、お兄様がお姉様を望まれるのであれば、私は全力で応援しますわ」

えっ、ブラコンのセリアが認めた!?

「いや、セリア、だが、ルチアーナ嬢は魔女だぞ……」

従兄妹《いとこ》同士の気安さで思ったことを口に出せば、セリアは憤慨したような声を出した。

「魔女でも、魔法使いでも、ルチアーナお姉様が使い手ならば、素敵な術を使います！　お姉様は『運命を変える者』ですから」

少女の夢物語だな。事実だとするならば、私の運命を書き換えてほしいものだが……。

「……私はルチアーナ嬢からラカーシュを救う必要はないのか？」

本人を目の前にしながら、ずばりと核心を突く。

なぜなら、私にはラカーシュが紫の魔女に誑かされていて、救いが必要なように思われたからだ。

しかし、セリアは否定するかのように、はっきりと首を横に振った。

「ええ、兄は既に救われていますから。それに、エルネスト様は今までの兄で十分だと思っているのかもしれませんが、私は……兄には感情が不足していると思っていました。変化は良い兆《きざ》しです。兄は人間になっているんです」

「人間に……」

いや、ラカーシュは元々人間だが。

顔をしかめていると、セリアから困ったように微笑まれた。

「私の言葉が理解できないのでしたら、エルネスト様にも不足しているものがあるのかもしれませんね。お姉様に教わるべきです」

「私がルチアーナ嬢に！」

そんなものは何一つだってあるはずがないと思ったが、一方では、セリアにそこまで言わせるルチアーナ嬢の手腕に感服する。

たった数日で、名門フリティラリア公爵家の兄妹を誑かすとは並大抵ではない。

やはりルチアーナ嬢を観察して、原因を突き止めるべきだと思うものの、ここ数日の彼女の行動パターンが今までとは異なっているので、どうしたものかと思案する。

近くで見張ろうにも、彼女からの接触がなければ、私との接点はなくなってしまうのだから……、とそう考えたところで、自身が会長を務める生徒会に思い至る。

「……そういえば、生徒会の広報は空席だったな」

特に必要性を感じなかったため空席のままにしていたが、副会長以下の役員については、生徒会長が一任できることになっていたはずだ。

私の言葉を拾ったセリアから、期待に満ちた瞳で見つめられる。

ああ、セリアは生徒会書記だからな。そして、ここ数日でルチアーナ嬢に傾倒しているようなので、接点が増えることは喜ばしいのだろう。

反対方向から、ラカーシュの視線も感じる。なるほど、ラカーシュは生徒会副会長だからな。同じく接点が増えることは、望むところなのだろう。

「……これまで空席で成り立っていた役職であるから、広報担当が必要かどうかを、まず検討しよう。人選はその後だ」

期待するかのような2人の視線に思わず説明の言葉を続ける。

すると、2人は私の発言を支持するかのように頷いた。

ああ、この話の流れだ。新たな広報担当に誰を想定しているのかなんて、もちろんこの2人は正しく推測し、期待しているのだろう。

それにしても、……と、私はちらりとラカーシュを見た。

他人のことにこれほど興味を示すラカーシュを初めて見たな。

ラカーシュは私と目が合うと、嬉しそうに目を細め、穏やかな表情で微笑んだ。

『兄は人間になっているんです』

――先ほどセリアに言われた言葉を、少しだけ理解できた気がした。

【SIDE】ジョシュア師団長「3年前の誓約」

――私の人生には一つだけ、返さなければならない大きな借りがある。

そして、私は必ずその借りを返すと決めていた。


「師団長閣下、隣国の大使がぜひご面会したいと廊下でお待ちです！」

執務室で書類の山に囲まれていると、部下の1人が近付いてきて困ったような声を上げた。

……そうだろう。隣国の大使がわざわざ魔術師団まで足を運んできた場合、面会するのが当然なのだが、不可能な程忙しいことは、山と積まれた書類を見れば分かるだろう。

約束もなく突然来られたら、どんな相手でも対応する時間など取れるわけがない。

だからこそ、大使を断らなければならないことが分かっている部下の声が、困ったような響きを帯びるのだろう。

「お前の予想通り、そんな暇はない。お帰り願え」

切って捨てると、部下は『分かっています』という表情で頷き、踵を返した。

「師団長閣下、海上魔術師団主催の船上レセプションにて、一言祝辞を賜りたいとの要請がきております！」

別の部下が視線を合わせないように努めながら、声を張り上げる。

サインする手は止めないながら、ぴしりと額に青筋が浮かぶのが分かる。

……船上レセプションだと？　海上魔術師団の連中はお気楽にできていて、年中様々な理由を見つけてはレセプションを開いている。なぜ同じ魔術師団だというのに……と、怨嗟《えんさ》の言葉をつぶやきそうになって、ぐっと唇を噛み締める。

「レセプション用の正装である水着を持っていないから断ると答えろ！　……いや、止めろ！　そう答えたら、私の発言は完全なる嫌味であることを理解しながらも、海上魔術師団長は嫌がらせに趣味の悪い水着を贈ってくるに決まっている。正直に、『そんな暇はないから無理だ』と断れ」

忙しい。喉が渇いたがペンを置き、側にあるカップを手に取る時間が惜しいくらいには忙しい。

無言のまま書類の山を減らすことに専心していると、滅多に使われることがない通信用魔道具が受信反応を示した。

不審に思い、手を止めて魔道具の通信ボタンを押す。

この通信用魔道具は家族専用のものだ。家族の誰もが私の忙しさを理解しているので、滅多なことでは通信してこないのだが……と相手を確認すると、我が公爵家の三男である弟だった。

「ルイスか、お前が私に通信とは珍しいな。どうした？」

「ごめんね、兄上。忙しい？」

「お前と話ができないほどではない。どうした？」

年の離れた弟は反抗的な態度を見せるべき年齢にきているのに、一切そんな様子を見せない。

不満があっても常日頃から我慢をしているように思われるため、できるだけ話を聞こうとペンを置き、椅子の背もたれに体をあずける。

「あのね、学園の生徒から『魅了』に侵されていると相談を受けて」

「冗談だろう」

「うん、初めは僕もそう思ったのだけれど、彼女の瞳を確認したら、魅了印がはっきりと刻まれていたんだ」

「冗談のはずだ……」

魅了は我が公爵家にのみ代々伝わる特殊魔術だ。

けれど、そのウィステリア公爵家においてさえも、特殊魔術の継承者である末の弟が亡くなったため、誰一人その力を使える者はいないのが現状だった。

それなのに、魅了をかけられているだと？　一体誰から？

「生徒の名前は？」

「ルチアーナ・ダイアンサス侯爵令嬢」

「ダイアンサス!!」

家名を聞いた瞬間、全てに合点がいった。

ダイアンサス侯爵家といえばサフィアの生家だ。

あの非凡なるサフィア・ダイアンサスの妹であれば、何か尋常ならざることが起こっても不思議ではない。

咄嗟にそう納得したけれど、ダイアンサス侯爵家と私の繋がりを知らないルイスは、大声を上げた私に驚いたようだった。

「ああ、大きな声を出して悪かった。事情は分かった。すぐにそちらに向かうから、お前も放課後になったら『春の庭』に来い。そこで待ち合わせよう」

約束をすると通信を切り、側にいる部下に言い付ける。

「リリウム魔術学園の生徒ファイルを持ってこい！　ルチアーナ・ダイアンサスの分だ」

声に出した途端、興奮と戦慄《せんりつ》で肌が粟立つような気持ちになる。

サフィア・ダイアンサス。

その名前を思い浮かべた瞬間、3年前までの3年間、毎日のように目にしていた青紫の髪に白銀の瞳の魔術師の姿が浮かび上がった。

一見やる気がなくて、とぼけたような口調と態度で誰をも煙《けむ》に巻く、けれど、実際には最強最悪の魔術師の姿が。

……あれで16歳だったからな。

3年経った今は19歳か。一体どんな様子になっているのか。

私は高揚した気持ちで、持ってこられたファイルに目を通した。……けれど。

「これは酷いな」

ルチアーナ嬢のファイルの内容は、思わず声が漏れるくらいには酷いものだった。

ルチアーナ嬢は侯爵家出身という高位貴族でありながら、勉強ができない、魔力が低い、怠け者と、負の資質が全て揃っていたのだ。

だが、ダイアンサス侯爵家というからにはサフィアの妹だろうし、それなりに優秀であるはずで、サフィア同様能力を隠している可能性もある。

あるいは………。

「サフィアが甘やかしに甘やかした結果、実際に出来の悪いお嬢様ができあがった可能性もあるのか？」

私は顔をしかめて、最悪の予想を口にした。

どちらにしてもサフィアの血縁であれば、全てを差し置いて駆け付けなければならない。

そう考えて立ち上がると、部屋の中にいた部下たちがはっとしたようにこちらを見てきた。

「ジョシュア師団長、先ほど口にされた『ダイアンサス』とは『ダイアンサス侯爵家』のことですか？　そして、魔術学園に行かれるということは、もしかしてサフィアに会いますか!?　でしたら、この魔道具を持って行ってください！　珍しいものだから、サフィアにあげたいとずっと思っていたんです」

「ああ、やっぱりあのサフィアですか!?　この前、ローブに効果を付与した際、信じられないほど大きな効果を付けることができたんです！　こんな逸品は二度とできませんから、サフィアに持っていってください!!」

その場にいた多くの魔術師たちが、あれも、これもと、自分たちの宝物とでもいうべきとっておきの一品をサフィアのために差し出してくる。

くっ、目の前の部下が差し出してきたモノは、先月私がどれほど頼んでも、「これだけは差し出せません」と断られた魔道具じゃないか！

こいつらはこの魔道具を、いつ会えるか分からないサフィアのために取っておいたというのか。

……サフィアめ、何て男にモテる奴なんだ！

不本意ながら、皆の気持ちは理解できるが。

なぜならサフィアは3年間、前線でともに戦った仲間だからだ。

彼の戦いぶりを見た魔術師で、サフィアに好意を抱かない者なんてまずいないだろう。

そう考えながら、私を取り囲んできた魔術師たちと、その手に握られたサフィアへのプレゼントを交互に見やる。

「あー、お前たちも知っての通り、サフィアは学生だ。そして、あの男らしいことに、侯爵家という家柄から考えると、可もなく不可もなくという成績で通している。そんなサフィアの下に魔術師団長である私が訪れ、これらの滅多にないような逸品を手渡すのは、サフィアの特別視されたくないという希望に反するのではないか？」

「「そんな!!」」

集まってきた魔術師たちは絶望的な表情を浮かべると、「だったら」と無理難題を押し付けてきた。

「「だったら、1度でいいからここに顔を出すように言ってください!!」」

「え、自分で頼めよ」

思わずぽろりと本音が零れ、部下たちに怒られた。


その後、「今日はもう戻らない」と伝えると、部下たちから「これだけは本日中に処理してください」という書類をそれぞれ持ち寄られた。

一人一人の分量は大したことがなくても、全員の分が揃うと結構な量になる。

それらを大急ぎで処理すると、私は転移専用の部屋に移動した。

王国内の主要な場所には移動のための転移陣が設置されており、リリウム魔術学園もそのうちの一つだったからだ。

そして、魔術師団にあるこの部屋には、それらに繋がる転移陣が設置されていた。

私は学園に繋がる転移陣の上に立つと、呪文を唱えた。

次の瞬間、私が立っていたのは学園にある転移陣の上だった。

同じ敷地内にサフィアがいるのかと思うと、途端に気分が高揚する。

けれど、私は高揚する気持ちとともに、自らの魔力をできる限り抑え込むよう努めた。

子どもっぽいと言われようが、サフィアの前に突然現れ、驚かせたいという気持ちに駆られたからだ。

そもそも、あれほど毎日一緒に過ごしておきながら、この3年もの間、1度も連絡を寄越してこないサフィアが悪い。

必要があれば自分から連絡すると別れ際に言い置かれたため、私から連絡することは憚られ、そして、サフィアからの連絡もなかったため、3年間1度も接触することがなかった。

そのため、今回の件をチャンスとばかりに、私が直接乗り込んでくることをサフィアは予想しているだろう。

——サフィアはああ見えて情に厚いから。

だから、家族が問題を抱えていれば、放っておくことなどできはしない。

私がルチアーナ嬢に接触すれば、必ずサフィアが顔を出すだろう。

そう考えながら、私は彼女の教室に向かった。

教室の入り口から中をうかがうと、1人だけ私服姿でいる男性が見えた。

視線をやると、フリティラリア公爵家のラカーシュであることに気付く。

おや、ラカーシュは規則を遵守するタイプに思われたが、私服で登校するとは意外だな、と思っていると、紫髪の美女に近付いて行き、話しかけていた。

紫髪に琥珀色の瞳。ああ、彼女がルチアーナ・ダイアンサスか。

サフィアとタイプは異なるが、頭の天辺からつま先まで整えられた文句なしの美女だ。

そんなルチアーナ嬢に向かって、ラカーシュは頬を染めると甘い言葉を囁いていた。

おやおや、ラカーシュは鉄面皮の冷静沈着な男だと思っていたが、あんな風に浮かれるとは、ルチアーナ嬢に懸想しているのか。

ルチアーナ嬢の個人情報は酷い内容だったが、……なるほど、ラカーシュは見た目に魅かれるタイプだったのだな。

いや、それともルチアーナ嬢の手腕が凄いだけか。ラカーシュほどの男に言い寄られても、すげなくあしらっている。さすがサフィアの妹、手強そうだ。

素知らぬ振りでルチアーナ嬢に声を掛けると、睨むような瞳で見つめられた。

私とは初対面のはずだが、声を掛けても一切不審そうな表情をされない。

それどころか、私が誰なのかを分かっているようだった。

一体どういう仕組みだ、サフィアが私のことを妹に話すはずもないだろうし、……と考えながら、ルチアーナ嬢と連れ立って教室を出る。

話をしてみると、ルチアーナ嬢は傍《はた》から見ていた印象とは全く異なっていた。

ラカーシュからあれほどアプローチされていたのに全く気付いておらず、実体験を含めた教戒を口にすると、理解できているかのような表情を見せる。

総じて印象は良く、「いい子じゃないか」と思わされた。

サフィアの妹にしてはすれていない、と考えながら弟との待ち合わせ場所に行くと、魔力を完璧に隠蔽していたはずなのに、サフィアが先回りをしていた。

うわあ、嫌だな、この男は。優秀過ぎる。

そうは思ったものの、一方では、3年前と変わらないサフィアの立ち回りが嬉しかった。

外見は会わなかった3年分の変化を見せていたが、――16歳だったサフィアは19歳になっており、色を含んだ男前になっていたが、あまりに想定通りの変化だったため、自然と笑いが込み上げてくる。

そして、サフィアを目にしたことで、ルチアーナ嬢がラカーシュを冷静にあしらっていたことの理由が理解できる気がした。

なるほど、これだけ見栄えのいい男が側にいたから、ラカーシュの美貌にも耐性ができていたのか、と。

しかし、変わっていたのは外見だけで、サフィアの態度は3年ぶりに会う気まずさを一瞬にして吹き飛ばすほど、以前と同じだった。

相変わらず優秀で、慇懃《いんぎん》無礼で、尖ったウィットに富んでいる。

「変わらないな、お前は」

思わずそう零すと、「3年ぽっちでなぜ変わると思うのか」と返された。

なるほど、いい返事だ。

その一言で、私たちのどちらも3年前に別れた時と変わらず、関係性に変化はないのだと感じることができる。

だが、そうだとしたら、――私の人生には一つだけ、返さなければならない大きな借りが残ったままだということだ。

3年前、サフィアは自らの魔力を担保とし、超高位の存在と契約したのだから――我が師団の魔術師たちを守るために。

そのため、サフィアは3年間外れない鎖を付けられた。

この自由で誇り高い男が、3年もの長い間、他者へ隷属することを承諾したのだ。

だから、私は必ずその借りを返すと決めていた。

その決意を思い出しながら、促されるままルチアーナ嬢の瞳を覗き込めば、『四星』の印がはっきりと確認できた。

何ということだ！　四星との関わりは3年前にサフィアを糧《かて》とすることで始まりはしたが、もうあとわずかな時間で終了するのではなかったか。

それなのに、サフィアの妹が印を付けられ、サフィアの隷属関係に続きが用意されようとしているのか？

ごくりと唾を飲み込む私に対し、サフィアは飄々とした様子で定められた言葉を口にした。

「この間、私は師団長から最上のワインがあるので、味見にこないかと誘われたと記憶しているのだが？」

――その瞬間の歓喜を、どう表現すればよいものか。

「……お前の言う『この間』が、3年程前のことを指すのなら、その通りだ」

淡々と言葉を返しながらも、嬉しさが体の内を駆け巡る。

ああ、私は3年前にサフィアに言った。

『いつか必ずこの恩を返すから、私が必要となった時は訪ねて来い。いつになったとしても必ずだ』――と。

それから、『お前のためには、いつだって最上のワインを用意して待っている』――とも。

サフィアはその言葉を覚えていて、私の助力を申し出ているのだ。

そうであれば、私は持てる力の全てを使って、最上のものをサフィアに用意しなければいけない。

それが、国立図書館副館長のオーバンであり、非公式の場だった。

そうやって、私はサフィアのために持てるものを全て揃えたのだけれど、――――蓋を開けてみると、ルチアーナ嬢の瞳には我がウィステリア公爵家の印が入っており、我が一族は完全なる当事者……もっと言うならば、加害者だった。

サフィアに恩を返すどころか、我が一族こそがダイアンサス侯爵家へ害をなしているかもしれない状況だ。

ああ、何ということだ。今回こそがサフィアを助けるいい機会だと思っていたのに！

サフィアはああ見えて、全く底意なく他人を助けるので、恩を受けたとか恩を返すとかの考えを持つことはないようだけれど。

だから、今回、恩を返されなかったことを気にしているようには見えなかったけれど……私は心の中でもう一度決意した。

サフィア、私は借りをきっちり返すタイプだ。どれ程時間が掛かろうとも、必ずお前に借りを返すから、と。

決意を込めて見つめられたサフィアは分かっているのかいないのか、面白そうに微笑んだ。

「師団長、そんなに熱い目で見つめられては勘違いしてしまいそうだ。うむ、そのような目で気のない女性を見ることがないよう、気を付けられますよう」

――――最高の魔術師の口から発せられたのは、相変わらずのとぼけたような言葉だった。

【SIDE】ポラリス「星への願いごと」

「お星さまへの初めての願いごとは叶うのよ」

ルチアーナ様は秘密めいた表情で、そう教えてくれた。

もちろんそれはおまじないやお楽しみの類《たぐい》の話で、実際に願いごとが叶うとは思っていなかったけれど、ルチアーナ様から教えてもらったことなので、僕はその話を大切にした。

そして、本当に叶えてほしい願いごとができるまで、お星さまに祈るのは止めにした。


「ルチアーナ様、どうぞ。お庭で1番美しかったお花です」

そう言いながら1輪の花を差し出すと、ルチアーナ様はとても嬉しそうに微笑んでくれた。

僕――ポラリスはルチアーナ様に拾われ、そのままお屋敷で庭師見習いをしている。

そのため、その日1番綺麗に咲いた花をルチアーナ様にお渡しするのが日課になっているのだけれど、ルチアーナ様はどんな花を手渡しても嬉しそうに微笑んでくれる。

だから、僕も嬉しくなって同じようににっこりと笑ってしまうのだけれど、今日は少しだけ違った。

ルチアーナ様は微笑みながら花の香りを嗅いだ後、困ったような表情で僕を見たのだ。

「ポラリス、あなたがくれるお花はとっても綺麗だけれど、今日の分も、昨日の分も、その前も、全部紫色のお花だったわ。他にも綺麗な花は咲いていると思うけれど」

ルチアーナ様の言葉を聞いた僕は、驚いて目を見開いた。

「えっ！　でも、紫色が1番綺麗ですよ！　だって、ルチアーナ様の髪の色と同じですから」

「あ、ええ、そう思ってもらえるのはありがたいのだけれど、……ええと、ポラリスの髪色である金色も綺麗だし、サフィアお兄様の髪色である青紫だって綺麗でしょう？」

「ルチアーナ様の紫色にはかないません!!」

「あ、そ、そうなのね。まあ、ポラリスは子どもだし、そのうち紫色に飽きるのかしら……」

ルチアーナ様は小さな声で困ったようにつぶやくと、気分を変えるかのように僕を見た。

「ありがとう、ポラリス。後から一緒にお庭を散歩しましょうね」

それから、ルチアーナ様は僕の頭をよしよしと撫でてくれた。

ルチアーナ様はいつだって僕のことを気に掛けてくれる。

最近になって知ったけれど、ルチアーナ様は侯爵家というものすごい貴族家のお嬢様だった。

そのうえ、誰もが認めるほどお美しいので、多くの貴族の子弟からのお誘いが引きも切らないほどあるらしいのだけれど、そのどれも受けることなく、邸でゆっくりと過ごされる。

そして、一緒に色々な話をしたり、文字を教えてくれたりする。

そんな風に、この邸に来てからの生活はそれまでとあまりにも違っていたので、こんなに幸せでいいのかな、と時々困惑することがあった。


僕は森で拾われた。

ある日突然、世界に産み落とされるはずもないから、両親に捨てられたのだろうというのが皆の推測だった。

僕を拾ってくれたのはある商会に属する者で、そのまま僕をそこに住まわせてくれた。

不思議なことに、僕は森に捨てられるまでのことを覚えていなかった。

驚くほどすっぱりと、以前のことを覚えていなかったのだ。

ただ、「紫の森が」とか何とか、意味不明なことを拾った時につぶやいていたよ、と商会の者から教えてもらった。

商会では、朝から晩まで働いた。

一生懸命頑張っていたけれど、仕事の手順を一切教わらなかったことと、僕の手先があまり器用でなかったことが相まって、毎日のように怒られていた。

そして、そのことを理由に食事を抜かれることがあった。

そんな僕を嘲笑してくる者はいたけれど、話しかけてくれる者はいなかった。

だから、話をするという行為をいつの間にか忘れてしまった。

僕の毎日はただ起きて、働いて、寝て、の繰り返しで、楽しいだとか、嬉しいだとかの感情を覚えることはなくなってしまった。

けれど、商会に来る前の記憶がない僕は、ここでの生活しか知らなかったため、不幸だと思ったことはなかった。

——だというのに、ルチアーナ様が僕を拾い上げてくれたから。

何も持たず、何もできない僕を見つけて、「あなたはうちの子よ！」と無条件に受け入れてくれたから、僕の毎日は突然、「楽しい」で溢れ出した。

「嬉しい」と「大好き」と「幸せ」が毎日やってくる。

僕は声を出して話をすることを覚えた。

そうしたら、僕はここにいるんだなと感じることができた。

相手が僕を見つめ、話を聞いてくれることで、僕は確かにここにいて、きちんと存在を認識されていると感じたからだ。

毎日、ご飯は温かくて美味しかった。

小さいのだからと、料理人の方々がもっともっとと料理をよそってくれる。

大盛りにつがれた皿を前に困ってしまい、「食べきれません」とつぶやくと笑われる。

けれど、その笑いは商会でのそれとは異なり、心がぽかぽかするような笑い方だった。

だから、僕は幸福だと感じるようになった。

毎日がきらきらとしていて、とても楽しい。

「ふふふ、ポラリスったらスープが美味しいの？　確かにお皿に直接口を付けて飲む方が、1度にたくさん飲めるし美味しいわよね。でも、ほら、ここにスプーンがあってね。スプーンを作った人は、これを使って料理を食べてほしいのじゃないかしら」

ルチアーナ様はそんな風に、優しく色々なことを教えてくれる。

商会では僕がどれだけ見苦しくても、行儀が悪くても、誰もが僕に関心がなかったから、何一つ教わることはなかったけれど、ルチアーナ様は根気強く色々なことを教えてくれるのだ。

「えっ！　ど、どうしてポラリスはスカートをはいているの？　え、クローゼットの中に交じっていた？　ああ、ごめんなさい、それは手違いだわ。ええと、そのような風習がある国もどこかにはあるのかもしれないけれど、この国では女の子しかスカートをはかないの」

「でも、僕は商会でずっとスカートをはいていましたよ？」

「ええ、それはその、……あの時のポラリスは小さくて可愛かったから、商会の人もポラリスに可愛らしい服を着せたかったのかもしれないわね。でも、ポラリスは最近よく食べるから、大きくなったでしょう？　だから、もうスカートははかない方がいいわ」

ルチアーナ様は僕が傷付かないようにと、優しい言葉を一生懸命選んでくれる。

僕は文字も数もよく分からなくて、頭はよくないのだけれど、そんな僕でもルチアーナ様の優しさは理解できた。

だから、ちゃんと分かっていますよという気持ちを込めて、お礼を言った。

「僕は商会にいた時と、ほとんど大きさは変わっていません。だから、ありがとうございます」

すると、ルチアーナ様は照れたように頬を赤くされた。


ある日、風で飛んだ洗濯物を追いかけ、3階の窓から身を乗り出していると、ルチアーナ様が凄い力で後ろから引っ張ってきた。

ルチアーナ様は僕を抱えた形のまま尻餅をつかれたので、痛かったのではないかと心配して振り返ると、初めて大きな声を出された。

「ポラリス！　どうして窓から身を乗り出したりしたの？　危ないじゃない！」

「洗濯物が木に引っかかっていたので、手を伸ばしたら取れるかと思ったんです。でも、大丈夫ですよ。落ちても、僕が怪我をするだけですから」

「え？　あなたが怪我をするなら駄目でしょう？」

「いえ、怪我をするのはルチアーナ様ではなく、お邸の他の方々でもなく、僕なので問題ありません」

「ポラリス……」

僕の答えは間違っていたようで、両頰をむにっと横に引っ張られた。

「覚えておいて。あなたが怪我をしたら、私が悲しむの。だから、ポラリスは私を悲しませないように危ないことをしちゃだめよ」

ルチアーナ様は色々と教えてくれるけれど、そこには召使いに対する気遣いを遥かに超えた優しさが含まれているように思われた。

だから、ルチアーナ様からは「商会の扱いは一般的ではないのだから、あそこでの扱いを基準にしてはダメよ」と言われたけれど、同様にルチアーナ様の扱いも基準にしてはいけないと思った。

そのことを侍女頭に告げると、感心したように褒められた。

「まあ、ポラリス。商会とうちのお嬢様といった極端な2例しかないのに、そのことに自分で気付くなんて大したものだわ」

僕は自分の頭が悪いことを知っているので、毎日、文字と数を勉強している。

そして、時々、ルチアーナ様が見てくれて、とっても褒めてくれる。

「えっ、もうこの数式を使えるようになったの？　ポラリスは物凄く吸収が速いのね。まるで、元々知っていたものを、思い出しているようだわ」

だけど、それはルチアーナ様の教え方が上手いだけだと思う。

それから、ルチアーナ様の時間を無駄にしてはいけないと、教えてもらったことを必死で覚えようとするからだと思う。

そう答えても、ルチアーナ様は不思議そうに首を傾げられる。

「うーん、そういうレベルではないのだけれど。この公式を使用するには、その前に基礎的な公式を三つ覚えなければいけないのだけれど、私ったらその基礎的な公式を教えるのを忘れていたのよね。なのに、ポラリスは応用の公式を使えたのよ。常識的にあり得ないと思うのだけれど……」

ルチアーナ様の言葉を聞いて、最近、似たようなことを言われたことを思い出す。

「そう言えば、この間庭師の先生にも同じようなことを言われました。なぜだか、僕が世話をした植物はとてもよく育つらしいんです。『常識的にあり得ないほど育っているな』と言われました」

ルチアーナ様は僕をじっと見つめると、「ちょっと待っていてね」と言って部屋を出て行った。

そして、しばらくして、青紫の髪をしたとても綺麗な男性とともに戻ってきた。

「サフィア様！」

一目見てすぐに、すらりとしたたたずまいの美しい男性が何者であるかを理解する。

邸に連れてこられた時にご挨拶した、侯爵家のご継嗣《けいし》様だ。

僕は慌てて床に膝をつくと、深く頭を下げた。

誰も言わないけれど、僕だって分かっている。

庭師は侯爵邸の中に入ってはいけないって。庭師見習いでしかない僕ならなおさらだ。

ルチアーナ様は僕が部屋に入ることを許してくれるけれど、侯爵家の跡取り様からしたら、何て生意気な庭師見習いだろうと怒り始めて当然の場面だ。

商会にいた時、その会の跡取り息子の視界に入っただけで、「生意気だ」とか「図々しい」とか言われて折檻《せっかん》されていたことを思い出す。

ぎゅっと目を瞑っていると、頭の上から呆れたような声が掛けられた。

「ルチアーナ、お前は一体どのような教育をしているのだ。私を見た途端に跪いて震え出したぞ。やあ、もしかしたら私が勇者の生まれ変わりであるとの、例の秘密をバラしてしまったのか？　だから、私の神聖さに打たれて、恐れおののいているのか」

「お兄様！」

ルチアーナ様の怒ったような声が聞こえると、「人を呼びつけておいて、冗談も言わせてもらえないとは」とつまらなそうな声が聞こえた。

それから、大きな手が伸びてきたかと思うと、床に這いつくばっていた僕をぺりりと絨毯《じゅうたん》から引き剥がす。

そうして、そのまま抱きかかえられると、ソファに座ったサフィア様の膝の上に抱かれる格好で下ろされた。

「やあ、ポラリス。妹はお前が可愛すぎて、ちょっとした冗談も言わせてもらえないようだ。お前をこの家に迎え入れた日以来だが、息災か？」

そう言って、まるで久しぶりに知り合いに会ったかのような気安さで話しかけられるので、僕は目を丸くすることしかできなかった。

「うむ、確かにこれは可愛らしい。なんと、顔の半分を目玉が占めているぞ」

貴族というのは、商会よりもずっと偉い存在だ。

その中でも、侯爵家というのは雲の上の存在で、おいそれと口をきくことなんて許されないはずなのに。

ああ、僕はサフィア様の膝の上に乗ってしまっている。朝から庭仕事をしたから、泥で汚れているというのに。どうしよう。

僕が泣きそうになりながら泥で汚れたズボンを見つめていると、サフィア様は傷付いたような表情をされた。

「やあ、私が自分でお前を膝の上に乗せておいて、土で汚れたなどと思い出したら、言いがかりも甚だしいだろう。いや、ポラリス、さすがに私はそんなに酷い性格ではないぞ」

「あっ、も、申し訳ありません！」

慌てて謝罪すると、ルチアーナ様から呆れたような声が掛けられる。

「ポラリス、お兄様の演技よ。騙されるものではないわ」

「えっ？」

驚いて顔を上げると、悪戯が成功したような表情のサフィア様と目が合った。

「ははは、ポラリス。引っ掛かったな！」

サフィア様はそう言うと、大きな手を僕の頭に乗せ、くしゃくしゃと髪をかき回された。

「子どもの仕事は遊んで汚れることだ。それなのに、実際に仕事をして汚れるとは大したものだな。

ポラリス、お前がよく手入れをするから、私の窓から見える庭はとても美しい。おかげで、私は毎日機嫌がいいのだ。お前の主の機嫌がいいのは、お前自身のおかげだ。胸を張れ」

僕はぽかんとしてサフィア様を見つめた。

仕事をするのは、ご飯を食べるために当たり前のことだ。

子どもだとか、子どもでないとかは一切関係ない。

だから、きちんとできることが当たり前で、きちんとできない時には怒られるものだと思っていたのだけれど。

「うむ、本当に愛らしい。またもや、顔の半分を目玉が占めたぞ」

サフィア様はそう言うと片手を伸ばし、テーブルの上にあった花瓶から花を1輪抜き取った。

その手には、綺麗な紫の花が握られている。

「美しいだろう、ポラリス。お前が植物を可愛がるから、お前のために美しく咲いたのだ。お前はもう、立派な庭師だな」

間違えようもないサフィア様の褒め言葉に、僕の頬が真っ赤になる。

「い、いいえ、庭師の先生には、まだまだ覚えることがいっぱいあると言われています」

「ああ、彼は元々王城で働いていた庭師だからな。要求されるのは、王城レベルの技術だ。ポラリス、お前はそこに到達できると見込まれているのだろう」

庭師の先生が僕に期待していると聞いて、僕の頬はますます赤くなった。

ああ、褒められるって、こんなに嬉しいことなんだ。

侯爵家のご継嗣様が庭師と直接口をきくことは稀だろうに、庭師見習いである僕と話をしてくださるどころか褒めてくださるなんて！

ルチアーナ様のお兄様だけあって、とってもいい方だな。

そう思ってお2人を見つめていると、ルチアーナ様が得意気に胸を張った。

「ほらね、お兄様、ポラリスは可愛いでしょう？　そのうえ、庭師としても優れているのだから、最高でしょう」

「ああ、お前の言う通りだな」

「うふふふふ。っと、それで、先ほどの質問なのですが、……いかがです？　ポラリスが世話をした植物は、常識的にあり得ないほどよく育つらしいのですが」

「ふむ、それもお前の推測通りだな」

「やっぱり!!」

僕の頭の上で、僕には分からない会話が交わされていく。

そして、サフィア様の言葉を聞いたルチアーナ様は嬉しそうに両手で口元を覆われた。

それから、両手を伸ばしてくると、サフィア様の膝の上に乗ったままの僕をぎゅううっと抱きしめてくる。

「おめでとう、ポラリス！　どうやらあなたは魔術が使えるみたいよ」

「え？」

「お兄様は魔力に敏感だから、魔力測定装置のようなことを自分で行えるのよ。それで、ポラリスに魔力があるかどうかを確認してもらったの」

「あっ、だから、僕を抱き上げられたんですね」

先ほどから、サフィア様が僕を膝の上に乗せていたのはそういうことだったのだ。

その魔力測定とやらが終わったならば、これ以上サフィア様の上に乗っているのは失礼だと、慌てて膝から降りようとしたけれど、ルチアーナ様に抱きしめられているため動くことができない。

そんな僕を至近距離から見つめると、ルチアーナ様は真顔で口を開かれた。

「ポラリス、魔力を持っているのは物凄く珍しくて凄いことなのよ。基本的に貴族しか持っていない限られた力だから、魔術を使いこなせるようになれば、王城の仕事にも就けるわ！」

「えっ」

「ただし、どの属性の魔術を使えるかは、自分で魔術を発動させて確認してみないと分からないのよね。推測だけれど、ポラリスは土魔術を持っているんじゃないかしら。植物を上手に育てることができる人の中には、土属性の魔術を持っている人が稀にいるって聞いたことがあるの。だからこそ、もしかしたらと思ってお兄様に調べてもらったのだけれど」

「そうだったんですね」

「ええ。とはいっても、魔力は本当に珍しいものだから、植物を上手に育てることができる人の多くは庭師としての腕を持っているだけで、魔力は持っていないらしいけれど」

だから、本当に特別な力なのよ、とルチアーナ様は嬉しそうに教えてくれた。

その話を聞いて、僕はとっても嬉しくなった。

ああ、僕はそんなに貴重で特別な能力を授けてもらったのだということに。

そして、商会にいたままだったら、この貴重な力には気付かなかっただろうということにも。

だから、……この力はルチアーナ様のために使うよう授けられたものだと気付く。

ルチアーナ様は1度だけ、僕に秘密を教えてくれた。

いつかルチアーナ様は偉い人に怒られて、侯爵邸を取り上げられてしまうかもしれないと。

だから、その時までに、新しいお家をルチアーナ様にプレゼントできるよう、お金を稼ぐスキルを身に付けないといけない。そのために、魔術の勉強を頑張ろうと思った。


……ああ、どうかルチアーナ様のお役に立てますように。

僕はその夜、ルチアーナ様が名付けてくれた僕の星、天の極に位置するポラリス星に向かって、そうお願いをした。

『魔術王国のシンデレラ』ルイス√「藤の花が見せた……」

鮮やかに咲き誇る藤の花の下、ルイスがはらはらと涙を流す。

「ルチアーナ、寂しい」

言葉通り悲し気な声を出すルイスの頬を透明の涙が流れ落ちていき、その姿を見た私の胸がずきりと痛む。

ああ、ルイスが泣いているわ、どうにかして慰めなければ、と思うものの適切な言葉が何一つ出てこない。

やるべきことが分からず、おろおろしている間にも、ルイスは泣き声も上げず、涙を拭うこともせず、ただただ涙を流し続ける。

そして、悲し気な声が再び響いた。

「僕には『魅了』の能力はないし、弟も亡くしてしまった。僕には何もないんだ」

「ルイス……」

私は何を言っていいのか分からなくなり、真っすぐに下ろされたままのルイスの指先を摑むと、そっと握りしめた。

――ルイスは王国に四つしかない最上位の公爵家出身だ。

15歳という年齢に見合ったあどけなさが残ってはいるものの、整った容姿を持った白皙の美少年でもある。

さらに、能力だって低くはなく、学力・魔術ともに名門ウィスステリア公爵家の名に恥じぬ成績を収めている。

一般的に考えれば物凄く恵まれていて、全てを手にしていると思われるような立場なのだけれど、長兄が王国魔術師団長、次兄が王国国立図書館副館長と、あまりにも高位の職位にあるため、どうしても比較してしまい、自分を卑下するようなところが彼にはあった。

そのうえ、ゲームの中で詳しく語られることはなかったけれど、双子の弟を亡くしていて、そのことが彼の人生に影を落としている。

……シナリオが進めば分かってくるのだけれど、ルイスは甘えん坊な一面がある一方、相手の面倒を見るのが好きなタイプだった。ちょこちょこと動き回り、かいがいしく世話を焼いてくれる。

ゲームをプレイしている時は、元々そのような性格なのかなと思っていたのだけれど、実際の彼の家族構成を知ると、幼くして亡くしたという双子の弟を可愛がりたかったのではと思われた。

今でこそ「ウィステリア公爵家の三男」、「公爵家の末っ子」との扱いだけれど、彼だって兄である時期があったのだ。弟を庇護して、守ってやりたかったに違いない。

にもかかわらず、わずか6歳で弟を亡くしてしまったため、ルイスの庇護欲は満たされることなく、喪失感をより強く感じてしまったのではないだろうか。

だからこそ、全てを失くしてしまったと、こんな風に声も上げずに泣くのだろう。

ルイスの背後に美しい藤が広がり、たくさんの紫の房が滝のように垂れ下がっているのが見えた。

その藤の花と全く同じ色をしたルイスの髪がふわりと風に舞い上がり、幻想的なまでに美しい光景が出来上がる。

けれど、そんな美しい情景の一部であるルイスは、寂しいと泣きながら私に縋ってくるのだ。

私はいたたまれなくなって、どうにかルイスの涙を止めたくなって、彼の指先を握る手に力を込めた。

「ルイス、私がいるわ」

思わず言葉が零れる。

これは選択の場面で、こんなことを言ったらルイスを選ぶことになってしまうのじゃないかしら、と頭の一部は警告してくるのだけれど、なぜだか口から出る言葉を止めることができない。

「だから、ルイスは寂しくないわ。ね、泣かないで」

すると、ルイスは涙の筋が幾つも光る顔を上げ、確かめるように聞いてきた。

「……本当に？　ルチアーナは僕の側にいてくれるの？」

「ええ」

「だったら……」

ルイスは何かを思い出すかのように首を傾げた。

「ルチアーナは授業の一環でエルネスト王太子の領地に行ったけれど、その際、殿下の部屋で2人きりで過ごしたよね。あの時の君は殿下に魅かれていたはずだけれど、……僕を選んでくれるということ？」

「へっ？」

私は思わず素っ頓狂な声を上げた。

質問をするように見せかけて、ルイスから王太子との仲を糾弾されたからだ。

あれれ、……このシーンは、そんな流れだったかしら？

なぜだかこの先の未来を知っているような気持ちになり、そして、こんな流れではなかったはずだと強く思う。

私がルイスを選ぶと返事をしたら、彼は庇護欲をくすぐるようなセリフを続け……。

「ウィステリア公爵家の家紋は藤だ。そして、藤の花言葉は『決して離れない』だ。ありがとう、ルチアーナ。君が僕を受け入れてくれたから、僕は僕の家紋に従って君を愛すよ。君が困っている時、悲しい時には必ず側にいる。幸せな時、笑っている時もいつだって側にいるから。だから、僕のことも1人にしないで」

――だというのに、どうして私は王太子との関係を疑われているのかしら？

しかも、じっとりとした目で見つめられ、返事を待たれている。

……エルネスト王太子の領地に行った際、殿下の部屋で2人きりで過ごしたけれど、最終的には僕を選ぶよね？　だなんて質問、歯に衣着せぬもいいところだわ。

ルイスったら、何てことを聞いてくるのかしら。そんなこと……あったけど。

え、ええ。そう言われれば、ゲームの中で王太子ルートを選んだ時、そのようなことがありましたね。

「もっ、もちろんよ！　私がエルネスト殿下を選ぶことはないわ」

現実はゲームとは違うのだ。そんなことはしないと、私は焦って返事をした。

そして、王太子は選ばないという意思表示のために首をぶんぶんと横に振ると、ルイスは嬉しそうに微笑んだ。

けれど、すぐに何かを思い出すかのような表情に変わる。

「次は……」

ルイスは私の首元に視線を落とすと、その部分に視線を定めたまま言葉を紡いだ。

「ルチアーナはラカーシュ殿からプレゼントされた彼の髪色のリボンを、制服のリボンとして使用していたことがあったよね。逆に、彼はルチアーナの髪色のクロスタイを着用していたね。彼は一見物静かに見えるけれど、実際は独占欲が強いよね。あの時のルチアーナはラカーシュ殿と相愛だったようだけれど、……僕を選んでくれるということ？」

ル、ルイスったら、すごい情報収集能力ね！　そんなこと……も、あったけど。

ええ、ゲームの中でラカーシュルートを選んだ時、そのようなことがありましたよ。でも、ラカーシュルートだから、仕方がないわよね。

「もち、もちろんよ！　私がラカーシュ様を選ぶことはないわ」

というか、ルイスって意外と嫉妬深いのね。

私の過去を（注：あくまでゲーム上の話です）根掘り葉掘り探って、自分が1番だと確認せずにはいられないだなんて。

私がはっきりと否定の意味を込めてルイスを見つめると、彼は嬉しそうに微笑んだ。

けれど、すぐに考えるかのような表情に変わる。

「後は……」

ルイスはつま先でかつんと小さな小石を蹴った。

「ジョシュア兄上は君専用の通信用魔道具を、王城の執務室に置いているよね。そして、その魔道具が反応したら、国王陛下との謁見でさえも打ち切って君と話をするよね。それから、君の部屋にも学園にも、君が関連する場所にはどこにだって専用の転移陣を設置しているよね。少し執着が過ぎるようにも思われるけれど、そんな兄上のアプローチに君はまんざらでもない様子だったよね。

「そんな兄上を忘れて、……僕を選んでくれるということ？」

ルル、ルイスったら、そんな細かいところまでよく調べたわね。そして、そんなこと……あったわー。

ええ、ゲームの中でジョシュアルートを選んだ時、そのようなことがありましたよ。だって、既に用意されていた設定だもの、どうしようもないわよね。

「もちろんよ！　私がジョシュア師団長を選ぶことはないわ」

いや、これ、どこまで続くのかしら。とうとうルイスは彼の実の兄まで疑い出したわよ。

先ほどラカーシュは独占欲が強いとか言っていたけれど、ルイスも負けていないんじゃないかしら。

というか、主要攻略対象者の誰もが、主人公に執着するように性格付けられているのかもしれないわね。

……あれ？　主人公、……は私でよかったのかしら？　ルイスに執着されているんだから、もちろんいいわよね。

なぜだか当然のことを不思議に思いながらも、まずはルイスを納得させることが重要だと考える。

そして、ジョシュア師団長は選ばないという否定の気持ちを表すために手を振ると、ルイスは嬉しそうに微笑んだ。

けれど、すぐに疑うかのような表情に変わる。

ルイスは私の真意を確認するかのように、正面から見つめてきた。

「もう1人……」

「サフィア殿は全ての女性に優しくて、絶対に差分を設けないよね。美しい女性もそうでない女性も、賢い女性もそうでない女性も、頑張り屋の女性もそうでない女性も、誰だって同じように優しく接する。だというのに、君だけには誰が見ても分かるくらい特別だよね。いつだって気にかけるし、優先するし、大事にする。そんな風に君をお姫様のように扱うサフィア殿を捨てて、……僕を選んでくれるということ？」

いっ、いやいや！　サフィアお兄様は兄だし、そのうえ、攻略対象者でもないし。

ルイスはどれだけ嫉妬深いのかしら。

「ルイス、さすがに疑い過ぎじゃないかしら。だって、サフィアお兄様は兄なんだから」

そう言い返すと、じとりと睨まれる。

「サフィア殿はやる気がなさそうな態度と軽薄そうなセリフで、一見能力が低そうに見えるけれど、実際は物凄い実力者だよね。兄上が認めているくらいだから、学園内どころか、王国魔術師団員と較べても突出した才能を持っているはずだよね。そういうの、女性は好きでしょう？」

「えっ？」

いや、でも、兄だからね。好きとか、嫌いとかいう話ではなくて……。

というか、これは終わりがないのかしら。今度は私の実の兄まで疑い出したわよ。

ああ、けれど、そもそもルイスが心配する必要なんてないのよね。

だって、私はモテモテの主人公ではなくて……。

「全ての攻略対象者から嫌われる、悪役令嬢ですからね!!」

叫びながら、私はぱちりと目を開けた。

すると、透き通るように美しい水宝玉《アクアマリン》が、目の前に2つ並んでいるのが目に入った。

「へ?」

驚いて、目をぱちぱちと瞬かせると、水宝玉もぱちぱちと瞬いた。

「へえぇ?」

何が起こっているのか分からず、驚いて目を見開くと、視界いっぱいにルイスの顔が広がった。

「おはよう、ルチアーナ嬢」

柔らかな笑顔とともに、ルイスから目覚めの挨拶をされる。

どうやら水宝玉と思ったのは、ルイスの水色の瞳だったようだ。

「おは、おはよう??」

状況を把握できないまま挨拶を返すと、私はきょろきょろと辺りを見回した。

目が覚めたら枕もとにルイスがいたため、夢かしらと思ったからだ。

けれど、藤の房が目に入ったことから、今いる場所は私室の寝台ではなく、「春の庭」であることに気が付く。

そして、その庭に備え付けてあるベンチに横たわり、――全く理解不能なことに、ルイスに膝枕をされた形で眠っていたことにも気が付いた。

「はわぁ!?」

信じられない思いでがばりと体を起こし、混乱したままぴたぴたと自分の頬を触る。

わ、私は一体何をしているの!?

悪い夢に違いないと自分に言い聞かせ、ぎゅうぎゅうと頬をつねったけれど、……物凄く痛かった。どうやら夢ではないらしい。

全く現状が理解できず、必死になって記憶を辿る。

……ええと、私は昼休みに藤の花を見たくなって、春の庭のベンチに座り藤棚を見上げていたのよね。そうして……。

「……ルチアーナ嬢は、ベンチに座ったまま眠っていたんだよ。誰が通るか分からない場所で不用心だなと心配になって隣に座ったら、僕の膝の上に倒れ込んでね。そのまま眠り続けていたから、よっぽど疲れているのだろうとそっとしておいたところだよ」

「そ、そ、それは、大変失礼いたしました!!」

私は心から申し訳なく思って、慌てて謝罪した。

「春の庭」は春の陽気で固定されているから、ついつい気持ちがよくなって眠ってしまったのだろうけれど、こんな美少年の膝で眠ってしまうなんて、ありうべからざる大失態だ。

ルイスは白皙の美少年のため、同級生はもちろん学年が上のお姉様方からもアイドル扱いでモテモテだというのに、よりにもよってその膝を占有してしまうなんて。

何てことをしてしまったのかしら、と青ざめて俯いていると、ルイスの声が上から降ってきた。

「ううん、僕こそ余計なことをしてごめんね。途中で『ご令嬢に対して失礼かな』と思いながらも、眠っている君を起こすことを躊躇って、そのままの状態を保ってしまったんだから」

「い、いえ、ルイス様はもちろん悪くないわ。私が呑気に眠り続けていただけだもの」

「それは……、僕は君の寝言を聞いてしまったけれど、許してもらえるということ？」

「え、寝言……」

嫌な予感を覚えて顔を上げると、ルイスは困ったような表情をしていた。

「うん、僕は嫉妬深くて、独占欲が強くて、細かいと君は言っていたよ。……面白いよね。ルチアーナ嬢は眠っていたんだけれど、『僕って嫉妬深いの？』と尋ねたら、『ラカーシュやジョシュア師団長より酷いわよ！』と答えてくれた。眠っていても、会話は成り立つものなんだね」

「……ひっ」

私は喉の奥で、恐怖の声を上げた。

やった、やらかしてしまった！

本人を前に、妄想まみれの夢を見たうえ、その感想を聞かせてしまった。

完全に私の失態だ。けれど、言い訳をさせてもらうならば、私が見た夢はゲームの中のワンシーンなのだ。

この世界の素になっている乙女ゲームで、ルイスを相手役に選んだ場合に体験する場面であって、私の邪な願望が形を取ったわけではないのだ。けれど……。

（途中からストーリーが変わっていたわよね？）

私は不思議に思って首を傾げた。

なぜだか知らないけれど、途中からルイスが他の攻略対象者との関係を疑い出してしまった。

けれど、ルイスが指摘したのは、それぞれの攻略対象者を選んだ時の固有ルートで発生する固定イベントだ。

ルイスルートを選んだ場合、エルネスト王太子の部屋で一緒に過ごすことはないし、ラカーシュから彼の髪色のリボンを貰うことはないし、ジョシュア師団長が色々な場所に魔術陣を設置することはないのだ。

「ルチアーナ嬢は寝言で、『エルネスト殿下の私室からはすぐに退出した』とか、『ラカーシュ様色のリボンは既に手放した』とか、『ジョシュア師団長の転移陣は金輪際封鎖する』なんて、必死に言い訳をしていたよ。どうやら夢の中ですら、僕1人を選んでもらえないようだ。ルチアーナ嬢は僕が思っていた以上に恋多き女性なんだね」

突然、思ってもみないことを言い出され、私はぎょっとしてルイスを見やった。

「へ？　ちが、もちろん違うわよ!!　私は元喪女なんだから」

「元魔女？　いや、現行も魔女でしょう。なるほど、君の美貌を保つためには、幾つもの恋愛が必要だということだね」

「どんな耳をしているのよ！　私は一言だって、そのようなことを言っていないからね!!」

必死に言い募る私を、ルイスは面白そうに見つめた。

「ふふふ、冗談だよ。だけど、君の夢は『春の庭』が見せた泡沫の幻かもしれないね。あるいは、魔法使いが見る夢だから、何かしらの力を持つのかもしれない。それこそ、君の見た夢の一部が、あるいは全てが現実になるかもしれないね？」

そう言うルイスこそが、春の使者のように儚くも煌めいていて、まるで幻とも見間違うような美しい存在が口にしたことは真実になるのかもしれないと思わされたけれど。

……けれど、私が見た夢のどれか1つだって現実になってほしいものはなかったし、悪役令嬢は大人しくしていて、攻略対象者に近寄らないことこそが1番だと思ったから、――夢は夢のままでありますように、と心の中で祈ったのだった。

あとがき

こんにちは、本巻をお手に取っていただきありがとうございます。

おかげさまで2巻が刊行され、再び皆様にお会いすることができました。


その本巻ですが、新たなる攻略対象者が登場しました。

ウィステリア公爵家の三男ルイスです。

さらに、彼の兄である同公爵家の長男ジョシュア（攻略対象者）も加わりました。


この2人を表紙に描いてもらいましたが、超絶美麗ですね！

イラストは1巻からの引き続きで宵マチさんにご担当いただきましたが、1巻の時点で既にジョシュアとルイスのキャララフをいただいておりました。

ジョシュアのラフを目にした私は……絶句、……絶句です。言葉が出ないとはこのことですね。

「…………………これは、全ての登場人物の中で、ぶっちぎりで1番イケメンですね」

「……………………………………………………私もそう思います」

その時に交わした担当編集者の方との会話です。

こ、これはまずい！

こんなに1人だけ傑出したイケメンがいたら、ルチアーナの相手が決まってしまう!!

そう困り果てた私たちは、ジョシュア以外のキャラのイケメン度を上げてもらうことで調整をお願いしました。ええ、上位で固定したんです。できるんです。いや、もう宵マチさんの能力は天井知らずですね。

今巻も、カラーからモノクロまで全てが美麗ですし、ため息しか出ません。宵マチさん、本当にありがとうございました。


ところで、私は本を読むのが好きです。

巣ごもり生活も相まって、今まで以上に本を買って読んでいたところ、いよいよ本を収納するスペースがなくなりました。

というのも、我が家には本棚がなく、家の中のちょっとした隙間に本を押し込めて凌いでいたのですが、それでは対応しきれないほど本が増えてしまったのですね。

仕方がない……と、10年ぶりに我が家に本棚をお迎えすることにしました。

いやー、大変でした。家中から本をかき集めるのが。

私はびっくりするほど狭いスペースにこれでもかと本を詰め込む才能があったのだと、今さらながら気が付きました。ええ、本棚を買った途端、不要な才能になりましたが。

そして、何日もかけて本を整理し、折角だから作者ごとに本を並べてみようと挑戦してみたところ……同じ本が2冊だとか、3冊だとか出てきたのですね。

え？　そんなことある⁇　そして、本を整理するまで気付かないなんてことある？？？

不思議なのは、同じ本が3冊あったとしても、それらは観賞用、布教用、保存用と使用目的が分かれているわけではなく、3冊ともに観賞用、観賞用、観賞用だということです。

うーん。どれを読んでも、感動は同じだけどな……。

そう思いながらも、私は大事に3冊の本を本棚に並べ直したのでした。

最後になりましたが、ここまで読んでいただきありがとうございます。

本作品が形になることにご尽力いただいた皆さま、読んでいただいた皆さま、ありがとうございます。

おかげさまで、今巻も多くの方に見ていただきたいと思える素敵な1冊になりました。

新しい主要キャラも増えて、ますます目が離せない第2巻です…!! イケメン…イケメンキャラさんがいっぱいです…!! なるべくイケメンにできるよう努力中ではありますが、足りないところは、どうか脳内補完でよろしくお願いいたします…!!(汗)
コンちゃんの獣ver.はうさぎ型にさせていただきました。昔、もっていた青紫のウサギのぬいぐるみがお気に入りで、その影響もあり…!! かわいく描いていけたらと思っております…!!

編集さまのリクで
エルネストさんの
扮装けたお兄様に
断罪される
悪役令嬢
ルチアーナごっこ絵。
悪役令嬢ルチアーナ!!
貴様を断罪する……!!
引き続きどうぞよろしく
お願いいたします…!!

悪役令嬢は
溺愛ルートに入りました!?

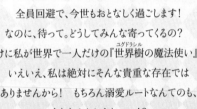

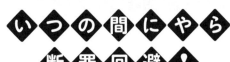

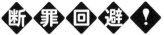

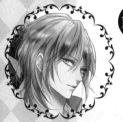

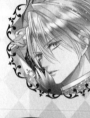

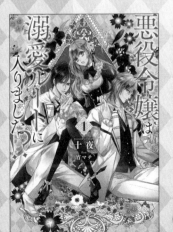

大人のエンタメ、ど真ん中！
SQEXノベル 毎月7日発売
SQEXノベル
片田舎のおっさん、剣聖になる
～ただの田舎の剣術師範だったのに、大成した弟子たちが俺を放ってくれない件～
著者：佐賀崎しげる
イラスト：鍋島テツヒロ
悪役令嬢の矜持
著者：メアリー＝ドゥ
イラスト：久賀フーナ
私、能力は平均値でって言ったよね！
著者：FUNA　イラスト：亜方逸樹
悪役令嬢は溺愛ルートに入りました!?
著者：十夜　イラスト：宵マチ
逃がした魚は大きかったが釣りあげた魚が大きすぎた件
著者：ももよ万葉
イラスト：三登いつき
●誤解された『身代わりの魔女』は、国王から最初の恋と最後の恋を捧げられる
●ベル・プペーのスパダリ婚約 ～「好みじゃない」と言われた人形姫、我慢をやめたら皇子がデレデレになった。実に愛い！～
●滅亡国家のやり直し 今日から始める軍師生活
●転生者の私は〝推し活〟するため聖女になりました！
他

GC UP!
毎月7日発売
悪役令嬢は溺愛ルートに入りました!?
原作:十夜・宵マチ 作画:さくまれん
構成:汐乃シオリ
失格紋の最強賢者
~世界最強の賢者が更に強くなるために転生しました~
原作:進行諸島 (GAノベル/SBクリエイティブ刊) 漫画:肝匠&馮昊 (Friendly Land)
キャラクター原案:風花風花
神達に拾われた男
原作:Roy 漫画:蘭々
キャラクター原案:りりんら
転生賢者の異世界ライフ
~第二の職業を得て、世界最強になりました~
原作:進行諸島 (GAノベル/SBクリエイティブ刊) 漫画:彭傑 (Friendly Land)
キャラクター原案:風花風花
お隣の天使様にいつの間にか駄目人間にされていた件
原作:佐伯さん (GA文庫/SBクリエイティブ刊) 原作イラスト:はねこと
作画:芝田わん 構成:優木すず
ここは俺に任せて先に行けと言ってから10年がたったら伝説になっていた。
原作:えぞぎんぎつね (GAノベル/SBクリエイティブ刊) 漫画:阿倍野ちゃこ
ネーム構成:天王寺きつね キャラクター原案:DeeCHA
勇者パーティーを追放されたビーストテイマー、最強種の猫耳少女と出会う
原作:深山鈴 漫画:茂村モト
マンガUP!
毎日更新

GC ONLINE
毎月12日発売
月刊少女野崎くん
椿いづみ
合コンに行ったら女がいなかった話
蒼川なな
スライム倒して300年、知らないうちにレベルMAXになってました
原作：森田季節　漫画：シバユウスケ
(GAノベル/SBクリエイティブ刊)
キャラクター原案：紅緒
わたしの幸せな結婚
原作：顎木あくみ　漫画：高坂りと
(富士見L文庫/KADOKAWA刊)
キャラクター原案：月岡月穂
経験済みなキミと、経験ゼロなオレが、お付き合いする話。
原作：長岡マキ子
漫画：カルパッチョ野山
キャラクター原案：magako
転生したら序盤で死ぬ中ボスだった
―ヒロイン眷属化で生き残る―
原作：稲下竹刀
漫画：正璽(Friendly Land)
アサシン&シンデレラ
夏野ゆぞ
私がモテないのはどう考えてもお前らが悪い！
谷川ニコ
SQUARE ENIX WEB MAGAZINE
ガンガンONLINE
オンライン
毎日更新

G FANTASY
GFC
COMICS
毎月27日発売
地縛少年 花子くん
あいだいろ
黒執事
枢やな
四百四鬼
もち
東京
エイリアンズ
NAOE
アラフォー男の
異世界通販生活
原作：朝倉一二三 漫画：うみハル
（ツギクルブックス）
キャラクターデザイン：やまかわ
妖怪学校の先生
はじめました！
田中まい
Disney Twisted-Wonderland
©Disney
The Comic Episode of Savanaclaw
原案：枢やな 漫画：小田すずか
The Comic Episode of Octavinelle
原案：枢やな 構成：葉月わかな 作画：コヲノスミレ
毎月18日
発売
月刊Gファンタジー
GFantasy
●メイデーア転生物語 この世界で一番悪い魔女 ●魔法科高校の劣等生 師族会議編・孤立編
●銀の麦畑 ●美しいばけもの ●妖怪学校の生徒はじめました！
●放課後少年 花子くん ●狼くんの隠しゴト ●アベルと魔界の王 他

SQEXノベル

悪役令嬢は溺愛ルートに入りました!?　2

著者
十夜
イラストレーター
宵マチ

2021年 8 月 6 日　初版発行
2024年10月22日　5刷発行

発行人
松浦克義
発行所
株式会社スクウェア・エニックス
〒160−8430
東京都新宿区新宿6−27−30　新宿イーストサイドスクエア
（お問い合わせ）スクウェア・エニックス　サポートセンター
https://sqex.to/PUB
印刷所
TOPPANクロレ株式会社
担当編集
大友摩希子
装幀
小沼早苗（Gibbon）

ISBN978-4-7575-7411-3 C0093　Printed in Japan